'*Moord op de moestuin* zet je lachspieren aan het werk, doet je hersens kraken en je vingers jeuken.'
***** *Vrij Nederland Detective en Thrillergids*

'Wie niets met saffraanperen of groene spechten heeft, kan vertrouwen op een flinke dosis spanning, grappen en fijnzinnige psychologische analyses.' **** *de Volkskrant*

'Eigenlijk maakt het niet uit waar Nicolien Mizee over schrijft, elke letter die ze op papier zet is de moeite van het lezen waard. Nu ze met een literaire whodunit over tuinieren komt, blijft er echt niets meer te wensen over.' *VPRO Gids*

'De detective-ontknoping is niet alleen bevredigend, (...) die bepaalt ook de literaire diepte van *Moord op de moestuin*.' *NRC Handelsblad*

'Nicolien Mizee waagt zich met vrucht aan een tegendraadse detective.' *De Morgen*

'Trefzekere karakterschetsen, wonderlijke dialogen die tegelijkertijd levensecht aandoen, een scherpzinnige en humoristische vertelstijl.' *Het Parool*

'Scherp en humoristisch.' *Margriet*

'Met veel gevoel voor humor en hier en daar fijn vileine prikken uitdelend laat Nicolien Mizee een troebele situatie volkomen exploderen.' *Zin Magazine*

'Getuigt net als haar andere boeken van een haarscherp observatievermogen en aanstekelijke humor.' *De Limburger*

D1666879

Nicolien Mizee (1965) is schrijver en schrijfdocent. Ze debuteerde in 2000 met *Voor God en de Sociale Dienst*. Voor *NRC Handelsblad* schreef ze de veelgelezen column 'Schrijfles' over haar ervaringen als lerares prozaschrijven. *Moord op de moestuin* was Boek van de Maand bij *De Wereld Draait Door*, werd overal lovend besproken en stond op de shortlist van de Bookspot Literatuurprijs.

Volg ons ook op:

 uitgeverijrainbow

 RainbowBoeken

 uitgeverijrainbow

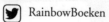 RainbowBoeken

Nicolien Mizee

Moord op de moestuin

Rainbow® wordt uitgegeven door
Uitgeverij Rainbow bv, Amsterdam
www.rainbow.nl

Een uitgave in samenwerking met
Uitgeverij Nijgh & Van Ditmar, onderdeel van Singel Uitgeverijen,
Amsterdam
www.nijghenvanditmar.nl

Dit boek kwam tot stand met steun van het Nederlands Letterenfonds.

Dit boek is een roman en de inhoud staat derhalve los van de werkelijkheid.
Eventuele gelijkenis met bestaande personen en/of gebeurtenissen berust
op louter toeval.

ISBN 978 90 417 1450 3   NUR 301

Voor Barbara, Cilia en Xandra

'Voorbij mijn moeite, nood en pijn
Moet er een tuin van sterren zijn.'

Ida Gerhardt, *Georgica*

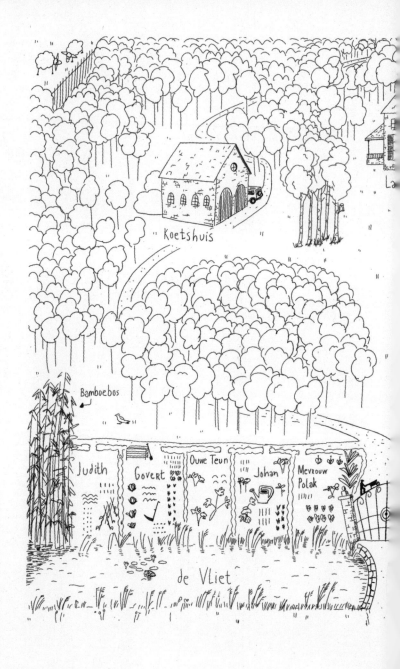

Koetshuis

Bamboebos

Judith

Govert

Ouwe Teun

Johan

Mevrouw Polak

de Vliet

Groenlust

Het kleine huis

Zwanet

Guusje

Kenny

saffraanpeer

"dokter
Zeelenburg"

bunker

Loes

Thieu

De hele geschiedenis begon toen mijn zuster en zwager een pan soep kwamen brengen.

Twee maanden daarvoor was ik getrouwd. Dat had mijn familie en vrienden zeer verbaasd, want ik was al halverwege de veertig en ik was nooit eerder getrouwd geweest. Thijs was veertien jaar ouder dan ik en hoewel hij er gezond uitzag, kreeg hij drie dagen na de bruiloft een hartaanval en moest hij een operatie ondergaan waarbij ze zijn borst openzaagden en een ader uit zijn been haalden om deltawerken rond het hart aan te leggen, waarna ze de hele boel weer dichtnaaiden.

De wonden heelden slecht en hij moest lang in het ziekenhuis blijven. Al die tijd zat ik alleen in het grote huis. Hoewel ik er al een jaar woonde, bleek ik niet te weten hoe ik een nieuwe stop moest indraaien en waar de reservesleutels lagen. Ik had het vreselijk koud, wat ik weet aan mijn zorgen. Later bleek dat de verwarming al die tijd had uitgestaan.

Na zes weken mocht Thijs naar huis. Daar zat hij hele dagen roerloos in een stoel. Zijn kleren slobberden om hem heen, ook zijn gezicht leek hem te wijd geworden en hing in wallen en plooien naar beneden. Tussen de stoppels had hij een vuile wond in zijn mondhoek, waar een te strak zuurstofslangetje gezeten had. Als ik hem wat vroeg, keek hij me alleen maar aan, zonder te antwoorden. Ik kon niet weg, maar bezoek wilde hij ook niet. Zo nu en dan belde ik mijn zuster, fluisterend vanuit de keuken.

Alsof de duvel ermee speelde, waren de buren aan het verbouwen geslagen op de dag dat Thijs thuiskwam. De nieuwe buurman van nummer 18 had het aangelegd met de buurvrouw van nummer 20 en ze hadden besloten een doorgang tussen hun huizen te laten maken, als mollen in de lente. Ook voor- en achtergevel werden uitgebroken, evenals enkele tussenvertrekken. Vijf Tsjechen waren van 's ochtends vroeg tot zes uur 's avonds met helse machines bezig muren en vloeren te verpulveren, waarna ze de brokken van tweehoog uit het raam kieperden, in een grote laadbak die voor het huis stond. Soms was het even stil, dan stonden ze in de tuin te roken.

Elke avond kwamen mijn zuster en zwager voorrijden met een pannetje eten. Omdat Thijs geen bezoek wilde, liet mijn zwager de motor draaien en bleef hij achter het stuur zitten terwijl mijn zuster me haastig de pan aanreikte. Dan reden ze weer weg.

Die vrijdagavond ging het echter anders. Ook mijn zwager stapte uit en sloeg het portier achter zich dicht. Cora duwde me met haar elleboog opzij en wrong zich langs me heen naar de keuken. Het lawaai aan de andere kant van de muur was oorverdovend: ik zag dat ze de pan met een klap op het fornuis zette, maar hoorde het niet.

Mijn zwager liep intussen de trap op, naar de huiskamer op eenhoog. Ik holde achter hem aan, gevolgd door mijn zuster.

Boven zat Thijs in zijn stoel. Hij opende zijn mond, maar als hij al iets zei, was het niet te verstaan.

Cora liet zich op de bank zakken en maakte een gebaar van boze machteloosheid. Ab leek niet onder de indruk. Hij posteerde zich in het midden van de kamer en haalde, als een goochelaar, vier glaasjes tevoorschijn uit diverse zakken van zijn broek en jasje.

Toen trok hij een fles wijn uit de linkerzak en een kurkentrekker uit zijn rechter. We keken stom toe terwijl bij de buren de machines jankten en onze muren trilden. Ab schroefde de kurkentrekker in de kurk en trok.

En toen, exact op het moment dat de kurk uit de fles schoot, viel er een weldadige stilte. Ab keek verbaasd in de flessenhals.

'Doe het nog eens,' zei ik.

'Gaat dit de hele dag zo?' vroeg Ab. 'Dag, Thijs. Hoe is het?'

'Dit is absurd,' zei Cora. 'Jullie moeten hier weg. Zo wordt Thijs nooit beter. Jullie moeten hier echt weg. Naar buiten.'

'Ja, dat zou leuk zijn,' zei ik.

Ab schonk de glazen vol. 'Een wijntje van de zuidelijke helling.'

Ik hoopte dat hij de fles zou achterlaten.

'We huren iets in het groen,' zei Cora. 'Ab, zoek op: zomerhuisje, lommerrijk, rieten dak, stilte. Vier personen.'

Ab trok zijn mobiel uit zijn binnenzak.

'Boswachterswoning,' zei Cora. 'Dat is altijd goed, een boswachterswoning. Anders kom je in een bungalowpark uit.'

Ik knikte maar wat. Cora had altijd veel plannen.

Aan de andere kant van de muur klonk geschuifel. De Tsjechen waren klaar voor deze dag.

Mijn zuster was naast Ab gaan zitten en had haar bril opgezet. 'Nee, dat is niks... Nee, dat ook niet. Dát is leuk! Is het nog vrij?'

'Hè, laat me nou even,' zei Ab gehinderd.

Thijs raakte zijn glas niet aan. Misschien ging hij wel dood. Dan zat ik alleen in dit grote huis. Hoe zou ik me Thijs herinneren? De dood werkt niet in ieders voordeel. Ik kon katholiek worden. Of een hond nemen. Of allebei. Gezellig met de hond naar de kerk, kroonluchters poetsen met andere weduwen.

'Dit is het!' riep Cora. 'Nu direct bellen, voor het weg is.'

Ab tikte het nummer aan en gaf de mobiel aan Cora, die de luidspreker aanzette.

'Doe niet zo raar,' protesteerde ik fluisterend. 'Daar hebben we toch helemaal geen geld voor!'

Cora stak haar hand op. 'Met Cora Hendricks-Loman.' Ze zette een voorname stem op. 'Wij hebben belangstelling voor uw zomerhuisje. Is het nog vrij?'

Haastig zette ik mijn glas neer, fluisterde 'nee nee nee' en zwaaide met mijn handen.

Cora hield de mobiel voor haar borst, siste: 'Wij betalen... Pardon? Wat zei u? Wij willen uw huisje voor de hele zomer huren. Het is een zaak van leven en dood.'

Er viel een stilte, even diep als toen Ab de kurk uit de fles had getrokken.

'Hallo?' zei Cora.

'Cora?' klonk het ongelovig aan de andere kant. 'Cora Loman?'

'Ja,' zei Cora verbaasd.

Er klonk een lach die we in geen dertig jaar hadden gehoord.

Fiep.

Een opgewonden gesprek met vele kreten volgde. Fiep Lanssen, hoe was het in godsnaam mogelijk. Wanneer hadden we die voor het laatst gezien? Ik rekende het vlug uit. Anne, Fieps zus, en Cora gingen naar de brugklas, Fiep en ik waren een jaar jonger. Wat was het in een lach, een stem, dat je elkaar na decennia, in een land met zeventien miljoen inwoners, direct herkende?

Triomfantelijk legde Cora de telefoon weg. 'Zo! Schenk mij nog maar eens in! Hoe heb ik dat geregeld?'

Ik keek naar Thijs. Alle dokters hadden me verzekerd dat hij weer helemaal de oude zou worden, béter zelfs, en ik had geknikt met de dood in het hart. Omdat ik met een sleep naar het stadhuis was gegaan, zou ik de rest van mijn leven met een starende, ongeschoren man in dit huis zitten terwijl de muren trilden.

'Judith, dit is geen toeval,' zei Cora. 'Hier wordt Thijs beter. Ik voel het.'

'En wie is deze mevrouw?' vroeg Ab.

'Fiep en haar zus Anne waren de beste vriendinnen van Juut en mij. We hadden een club, de Ficojutan-club. We hebben vijfhonderdzestien gulden verdiend met auto's wassen en bollen pellen voor de zielige dieren. En nu gaan we twee maanden naar ze toe!'

'Maar hoe moet dat dan met de tuin?' vroeg ik.

'Dat postzegeltuintje van jou!' riep Cora vol minachting.

Ik stond op en pakte voorzichtig Thijs' hand. 'Wat vind jij ervan?' vroeg ik.

'Mag ik je eraan herinneren dat ik maar drie weken vakantie heb?' hoorde ik Ab achter me zeggen.

'Je rijdt gewoon heen en weer,' zei Cora.

'Goed,' fluisterde Thijs.

❧

De dag nadat Cora het zomerhuis had gehuurd belde de buurman aan. Hij was chirurg en ging zo nu en dan naar Schotland om herten dood te schieten. Hij had grote, bruine ogen en een warme, zachte stem. 'Ik kom je even zeggen dat we de uitbouw iets willen verlengen,' zei hij.

'Wordt die nóg groter? Je houdt geen tuin meer

over. Wijnand, jongen, waar is dat nou voor nodig?'

Hoewel hij ouder en rijker was dan ik, beschouwde ik hem als een beginneling omdat hij later in de straat was komen wonen dan ik.

'Licht', zei hij zachtjes. 'Ruimte.'

'En tot hoever komt die uitbouw dan? Zullen we even gaan kijken?'

Samen liepen we naar de achtertuin, die bedekt was met puin en gruis. Wijnand stapte op de glad afgezaagde stomp van de linde waarin vier maanden eerder nog een specht had gewoond.

'De zijmuur komt dus tot daar. Wettelijk gezien mag het natuurlijk.' Wijnand keek me van opzij aan met zijn mooie ogen.

'Waarom voeren we dit gesprek dan?'

Hij zweeg en ik overzag de kaalslag. Eigenlijk zou iedereen die meer dan een ton per jaar verdiende, één dag per week verplicht tewerkgesteld moeten worden in de natuur.

'Die boom daar...' Hij liet zijn stem wegsterven.

'Bedoel je de taxus?' vroeg ik ongelovig.

De taxus was lang geleden geplant door de vorige bewoner, precies op de grens van de tuinen. De schutting, inmiddels ook door Wijnand omgehaald, was speciaal om de stam heen gebouwd. Klimop kronkelde zich als een harige slang om de boom, tot bovenaan toe.

'Hij is erg hoog', zei Wijnand zacht.

Zou hij bezeten zijn? Misschien kwam hij ooit met zijn initialen in de krant als de chirurg die geheel onnodig ledematen afzette, omdat hij daar plezier in had.

'En er vallen bladeren van de boom in onze tuin.'

'Nee, Wijnand,' zei ik geduldig. 'Er komen geen bladeren vanaf, want het is een naaldboom. Een taxus. Maar er groeit een klimop in, zie je dat? Helemaal tot de top. En daarom zit die boom altijd vol mussen. Soms valt er een blaadje van de klimop en dat laten wij dan liggen. In dat perk woont een egel. Ik ben donateur van het egelfonds.'

Wijnand keek naar de groene pruik hoog in de boom.

'Veel mensen denken dat klimop schadelijk is voor de boom, maar dat is niet zo. Het is juist heel goed, het beschermt de boom. Gelukkig maar. Wij zouden onze boom niet graag willen missen.'

Zo. Die zou zijn bijl vooreerst niet durven pakken.

◆

Op 1 juli kwamen Ab en Cora voorrijden in hun donkerrode Lancia. De zon scheen, de lucht was blauw met kleine wolkjes. Het handige schuifdoosje met pillen dat ik van de apotheek gekregen had als dank voor de tassen medicijnen die ik er had gekocht, zette ik op de hoedenplank. Dat was eigenlijk het enige belangrijke. Ik had wat zomerkleren ingepakt, Thijs' vogelgidsen en drie sudokuboekjes, want ik was bang dat ik in zo'n klein dorpje alleen maar sudoku's voor beginners zou kunnen krijgen. Ik zette mijn tas in de kofferbak naast een grote doos etenswaren van

Cora. Ze had zelfs haar eigen koffiepot meegenomen.

Terwijl Ab Thijs voorzichtig in de bijrijdersstoel hielp, kwam Wijnand aanlopen. Haastig sloeg ik de achterklep dicht, die direct weer opensprong en zicht bood op koffers en kratten met flessen en voedsel.

'We gaan er even tussenuit,' zei ik, de klep naar beneden trekkend.

'Fijne dagen gewenst.' Wijnand had weer de verre blik in zijn ogen die me aan bijl en zaag deed denken.

En toen reden we de straat uit.

Cora had een thermoskan met koffie meegenomen, en vier hardplastic bekers met kabouters erop. Ze wist veel van kabouters en had er een heel bibliotheekje over. Kortgeleden was ze met Ab naar Duitsland afgereisd om te bieden op een groot carousselpaneel uit het begin van de negentiende eeuw, waarop je een kabouter in gesprek zag met een slak van gelijke grootte, terwijl een andere kabouter op de trekzak speelde voor een toeluisterende haas. Ab had keilbouten in de muur moeten slaan om het op te hangen. Toen ik vroeg wat het had gekost, kon Ab alleen maar kermen en Cora zei: 'Het is het waard. Hierop zie je de kabouter in zijn ware vorm: natuurgeesten die met de dieren kunnen spreken, net als elfen.'

'Heb jij nu vakantie?' vroeg ik aan Ab.

'In principe wel, de komende drie weken, maar ik moet mijn onderzoeksverslag voor Nemesis nog afmaken.'

'Nemesis?'

'*Normative Electronic Measures for Extraneous Security In Surgents*. En ik moet ook beginnen aan mijn presentatie voor Genève. *Fuel Saving and Fuel Related Subjects Within the Operational Environment of an Airline.'*

'De vorige keer is Ab uitgeroepen tot best geklede man van het congres,' zei Cora.

'Had je dat ene pak weer aan, dat je toen ook droeg naar het Amstelhotel?'

Een paar jaar geleden was een boek van mij genomineerd voor een grote prijs en toen had Ab me vergezeld naar het diner. Ik had mijn jurk afgestemd op zijn pochet en samen zagen we er prachtig uit.

'Met die turquoise streepjes,' knikte Ab. 'Het zit goed en je voelt je beter dan al die andere zakken in pakken.'

Mijn zwager was nogal geneigd tot neerslachtigheid, maar veerde op bij tegenslag. Hij werkte bij een instituut voor luchtverkeersveiligheid. Omdat vliegtuigen in Nederland zelden neerstorten, ging hij meestal met hangende schouders naar zijn werk. Bij een bijna-botsing werden zijn ogen al helderder en toen er een terroristische aanslag op Schiphol dreigde, zong en floot hij dat het een lieve lust was en bracht hij Cora ontbijt op bed.

Aan mij liet hij zich meestal weinig gelegen liggen, maar toen ik door een val in het duister mijn enkel brak, kwam hij midden in de nacht op zijn motor naar het ziekenhuis.

'In een witleren motorpak kwam hij krakend de gangen door,' vertelde ik jarenlang, totdat bleek dat hij nooit zo'n pak had bezeten.

'Pak jij de bekers, Juut, dan schenk ik koffie. In de groene kabouterbeker zit een zakje met suiker,' zei Cora.

'En jij hebt echt de komende acht weken vrij?' vroeg ik haar.

'Goddank. Al ben ik natuurlijk wel bezig met mijn Sinterklaasopera. Ik heb mijn keyboard en mijn rijmwoordenboek bij me.'

Een jaar eerder had Cora voor haar merendeels jeugdige zangleerlingen een operabewerking gemaakt van het sprookje van Vrouw Holle. Die was een onverwacht succes geweest en nu was ze door een Tilburgse muziekschool gevraagd voor een opera over Sneeuwwitje, met als belangrijkste reden dat de allerkleinsten een dertigkoppig dwergenkoor konden vormen. Dat had Cora resoluut geweigerd, want aan het getal zeven viel voor haar niet te tornen. De zeven dwergen stonden voor de zeven oerkrachten en daarvan konden er niet ineens dertig worden gemaakt. Na lang heen en weer gepraat over het verschil tussen dwergen en kabouters, was besloten dat Cora een opera zou maken over een kaboutervolk dat de hulp ging inroepen van Sinterklaas, die met zijn witte baard en rode mijter volgens haar wel iets van een reuzenkabouter had.

'Ik heb een heel interessant boek bij me, dat moet jij ook lezen, Judith, waaruit blijkt dat kabouters rond het jaar 800 echt bestaan hebben. Nee, nou niet lachen, dat boek is geschreven door drie hoogleraren in de bètawetenschappen. Die hebben ontdekt dat er alleen kabouterverhalen voorkomen op de plekken waar grafurnen zijn gevonden. De kabouters werkten in mijnen. Op primitieve afbeeldingen zie je dat die mijnwerkers heel klein waren en inderdaad precies zo gekleed gingen als onze tuinkabouters, met puntmutsen op het hoofd. Toen kwam Karel de Grote. De wetten die hij instelde, de Karolingische wetten, waren heel ongunstig voor het kleine volkje. Ze mochten geen katten meer eten en geen lijken meer verbranden. De kabouters zijn toen gevlucht. Niemand weet waarheen.'

We reden over een eindeloos lange provinciale weg met platanen aan weerszijden. In de verte, waar de kruinen elkaar raakten, was een poort van groen.

'Wanneer krijg ik nou eindelijk over de vloek te horen?' vroeg Ab. 'Cora heeft het voortdurend over de vloek van de Lanssens en dat jij dat allemaal haarfijn kunt uitleggen.'

Ik knikte. 'Ik heb het een paar dagen geleden nog eens heel precies nagezocht. Het blijkt dat de man met wie het allemaal begon echt een grootheid was in de kringen van de Nederlandse bouwkunst. Thijs vertelde...'

'Wacht even,' onderbrak Ab me. 'Wie was de man met wie het allemaal begon? Feiten? Jaartallen?'

Ik begon opnieuw. 'Het jaartal weet ik niet precies, maar het moet rond 1900 begonnen zijn, met Chris Lanssen. Thijs kende die naam ook. Er is een Chris Lanssenstraat. Op het naambordje staat 'Chris Lanssen, architect'. Dat zou hij jammer hebben gevonden, want hij beschouwde zichzelf als kunstenaar. Hij wilde schilder worden, maar van zijn vader moest hij architectuur studeren.'

'Heel verstandig van die vader,' zei Ab. 'Het is overigens bouwkunde, niet architectuur.'

'In 1904 werd hij gevraagd voor een muurschildering in een kerkje in Ede...'

'Uden,' fluisterde Thijs schor.

'Uden. Hij maakte een ontwerp waarop Mohammed, Boeddha en Jezus hand in hand onder een meiboom staan. Het kerkbestuur vergaderde er lang over, maar ze vonden het toch wel heel mooi. Op internet kun je een foto zien waarop Chris in een kaftan die schildering staat te maken en de leden van het bestuur in zwarte pakken toekijken.'

'Ik zoek het op,' zei Cora. 'Waar is mijn telefoon...'

'Dat kerkje is later afgebrand. Als het er nog stond zouden ze bij die schildering waarschijnlijk permanente bewaking moeten opstellen. In 1904 waren ze in sommige opzichten verder dan nu.'

'Ik heb het!' zei Cora. 'Wat leuk... Wat is dit, Juut?'

Ik tuurde op haar mobiel. 'Dat is de huwelijksceremonie. Chris trouwde met een heel rijke vrouw die ook erg artistiek was: ze batikte en maakte glas-in-loodramen. Ze was ook erg vooruitstrevend, net als haar man, en hoewel ze netjes voor de kerk zijn getrouwd hebben ze later ook een hele ceremonie in de openlucht opgevoerd, met bloemenkransen en geheven takken.'

Cora kraaide van plezier. 'Wat leuk! Jongens, dit moeten jullie echt een keer bekijken. Ze hebben lange gewaden aan en vanaf de zijkant trekt iemand een onwillig lammetje aan een touw naar het midden van de kring.'

'En de vloek?' herhaalde Ab.

'Dat kwam pas later. Chris maakte fortuin. Hij ontwierp woonwijken, huizen en bruggen, maar ook meubels, serviezen en glazen. Wijnglazen deed hij niet, want hij was tegen alcohol. Hij dronk thee uit een blikken kroes om zijn solidariteit met de arbeiders te tonen. Op een gegeven moment kochten ze het landgoed waar wij nu naartoe gaan, Groenlust. Het huis was toen nog een bouwval. Er zat een kunstenaarskolonie in die vuurtjes stookte op de parketvloer. Chris kende een aantal van die kunstenaars en om zichzelf te kwellen keek hij toe hoe ze door de politie het huis uit gehaald werden. De meesten passeerden hem zwijgend, maar de laatste, die in een zolderkast woonde, moest aan zijn baard naar buiten gesleept worden en hij werd afgevoerd, waarna hij jarenlang niet meer werd gezien.'

'En toen begon de vloek,' zei Ab, die na bijna twintig jaar huwelijk met Cora nog steeds niet gewend was aan onze vertelwijze.

'Chris werd steeds mystieker,' vervolgde ik. 'Hij wilde geen vlees, geen vis en geen eieren meer eten en werd broodmager. Hij helde meer en meer over naar het idee dat bezit diefstal was. En op een dag kwam er een man aan de poort, berooid en verward. Dat was de man die aan zijn baard het huis uit was getrokken. Chris nam een rigoureuze beslissing: hij zou met zijn gezin in het boswachtershuisje gaan wonen en zijn hele landgoed schenken aan deze man, die er een opvanghuis voor arme sloebers van kon maken. De grond zou in kleine lapjes verdeeld worden zodat iedereen zijn eigen eten kon verbouwen.'

'Grote god,' zei Ab. 'Als ik ooit dit soort plannen krijg, moeten jullie direct de huisartsenpost bellen.'

'Zijn vrouw wist het enigszins te beperken. Een lap grond werd in erfpacht aan een idealistische volkstuinvereniging geschonken en zij bleven uiteindelijk lekker zelf in het grote huis wonen?'

Ik liet een pauze vallen zodat Ab weer iets over de vloek kon zeggen, maar dat deed hij niet. Toen legde ik mijn hand op Thijs' schouder. Hij gaf me een kneepje, wat me blij maakte, ondanks het feit dat zijn hand koud aanvoelde.

'Chris begon zijn geld als een razende aan goede doelen te geven en toen hij doodging was er bijna niets meer. Zijn zoon nam de boel over, ging ook weer kapitaal maken, pijp roken, fazanten schieten met prins Bernhard en belasting ontduiken, maar ook hij zag op zijn vijftigste het licht en ook hij wilde het landgoed weggeven.'

'Niet waar,' zei Ab.

'Hij ging aan loopmeditatie doen onder leiding van een goeroe en op een dag maakte hij bekend dat hij zijn hele landgoed aan die goeroe had geschonken. Maar blijkbaar was dat een echte heilige man, want hij zag af van elk bezit, gaf het landgoed terug en verdween met onbekende bestemming.'

'Ja, zo wil ik ook wel goeddoen,' zei Ab. 'Weggeven en weer terugkrijgen. En wanneer komen jullie nou het verhaal binnen?'

'Veertig jaar geleden.' Cora stopte haar mobiel weg. 'Wij vieren waren schoolvriendinnen: Anne en Fiep, Judith en ik. We speelden altijd bij elkaar. Onze ouders raakten ook bevriend, we zijn zelfs weleens met z'n allen op vakantie geweest. Op een gegeven moment verhuisden de Lanssens naar Voorden. Anne en ik waren toen bijna twaalf en Fiep en Judith elf. Ze hadden vaak gezegd: "Als opa doodgaat, gaan wij op een kasteel wonen", maar dat hadden we eigenlijk nooit geloofd. Wij zeiden altijd dat we vondelingen waren.'

'En wie is nú de eigenaar van het landgoed?' vroeg Ab.

Cora en ik keken elkaar aan.

'Dat wás Friso,' zei Cora. 'De kleinzoon van de man met wie het allemaal begon, Chris Lanssen. Oom Friso, zeiden wij. We noemden de ouders van Anne en Fiep oom en tante, ook al waren ze geen echte familie. Oom Friso en tante Lidewij. Wat ik ervan begrijp, wonen tante Lidewij, Anne en Fiep alle drie nog op het landgoed.'

'En waar is oom Friso gebleven?'

'Ja, dat is het vreemde,' zei ik. 'Die is verdwenen. Lang geleden. Wij hebben maar twee keer op Groenlust gelogeerd, toen zij er net woonden en wij dus twaalf en elf waren. Het was precies op de overgang van de lagere naar de middelbare school, van kind naar puber, en we verloren het contact met elkaar. Vele jaren later hoorden we dat Friso Lanssen van de ene dag op de andere spoorloos verdwenen was. Er heeft indertijd ook nog iets over in de krant gestaan. We vroegen ons af of we wat van ons moesten laten horen, maar dat durfden we niet goed. Ik heb er nog eens op gegoogeld, maar de verdwijning van Friso Lanssen is altijd een mysterie gebleven.'

'Ik wilde er door de telefoon niet naar vragen,' zei Cora. 'Fiep had het over haar moeder en Anne en verder zei ze niks.'

'Misschien dreigde ook hij weer zijn landgoed weg te geven en hebben zijn vrouw en dochters hem in een put gegooid,' zei Ab.

We reden Voorden in.

De zon scheen op het kalme water van de vliet, een rechte zilveren streep die al kilometerslang eentonig naast ons voortstroomde. Daarachter lagen de volkstuinen keurig naast elkaar, als kleurige badlakens. Nergens was een huis te bekennen.

Ab stopte bij een groot hek achter een brug. 'Herkennen jullie dit?'

'Weet jij het nog?' vroeg Cora.

Ik keek naar de ijzeren poort, waarop een mannetje met een kruiwagen stond afgebeeld naast de woorden: EVA AVE. 'Ik kan het huis niet zien. Dat zou ik denk ik wel herkennen. Alleen al van de foto's.'

'Ik rij nog even door,' zei Ab.

Maar de eerste boerderij die we zagen, kilometers verder, droeg het nummer 59. Ab keerde de auto. We passeerden een kleine, elegante vrouw met een mand aan haar arm. Het rood van haar jurk stak bekoorlijk af tegen het groen van het gras. Geroutineerd keek Ab in zijn achteruitkijkspiegeltje. Bij het hek stond een kleine, magere man in het water te turen. Zijn ene oog was bedekt door een plastic kapje. In de verte kwam een man aan op een fiets, met een hark in zijn hand.

Het hek stond op een brede kier.

Ik stapte uit, want ik heb het altijd onbeleefd gevonden om uit een autoraampje te schreeuwen.

'Mag ik u wat vragen? Is dit Groenlust?'

Het mannetje tilde het kapje een beetje op. 'Ja zeker. Wilt u een tuin huren?'

'Nee, we hebben de boswachterswoning gehuurd voor de zomer.'

'O. Jammer! Nou, leuk voor u natuurlijk, maar we hebben nieuwe leden voor de vereniging nodig!' Hij lachte. 'Het is hier prachtig. Ik geniet. Vandaag nog meer dan anders. Ik ben net aan mijn oog geopereerd. Ik blijk een halve eeuw in een waas geleefd te hebben en ik wist het niet. Dit is het licht van vroeger. Dit is het licht zoals anderen het zien.'

'Het ware licht.'

'O god, begin niet over het geloof, dan ga ik slaan. Maar u heeft gelijk, dit is het ware licht. Inderdaad, inderdaad. En dan gaan ze over een tijdje mijn andere oog ook nog doen. Ik kan me niet voorstellen dat de kleuren nog helderder worden. Dat rood, kan dat nog roder worden? En het groen nog groener?'

Hij wees op een koppeltje mandarijneenden tussen het riet. Glanzend groene strepen liepen over de oranje koppen, de donkerrode snavels leken wel gelakt en de opstaande zeiltjes aan hun flanken waren goudkleurig. 'Twee mannetjes. Al jaren samen! Dat zou de paus eens moeten zien!'

De man met de hark stopte precies tussen ons in en trok zijn fiets tussen zijn benen op de standaard. Hij had dun, geplakt haar dat loswoei. 'Zo, Thieu, zin in een mandarijntje? Ha ha, mandarijntje!'

'Homoseksuele eenden, Govert,' zei het pezige mannetje, dat blijkbaar Thieu heette. 'En al jaren samen. Dat moeten ze eens aan de paus vertellen.'

Die paus zat hem hoog.

De man die Govert heette grinnikte. 'Ja, dat zou je zeggen. Maar moet je naar die voorste kijken. Dat is een vrouwtje. Die was tien jaar geleden nog gewoon grijs met bruin. Ja, haal dat plastic maar van je oog. Kijk naar die kop, dat bruingrijs komt overal doorheen. Het komt door de ouderdom. De mannelijke hormonen nemen toe. Dat zie je bij de vrouwen op onze tuin ook: ze knippen hun haar af, ze lopen op slippers, ze krijgen een baard. Het schijnt het mannetje niks te kunnen schelen, hij gaat er nog elke lente bovenop. Ik weet niet, hij lijkt het niet te merken.' Hij fietste het hek door, met zijn hark.

Ab toeterde kort.

Ik zette het hek wijd open. 'We zien elkaar nog wel,' zei ik tegen Thieu en stapte weer in.

Op dat moment kwam ook het sierlijke vrouwtje in de rode jurk de brug op. Ze knikte ons vriendelijk toe, gebaarde naar Ab dat hij kon doorrijden, waarop Ab naar haar gebaarde dat hij haar liet voorgaan. Ze leek beslist niet op de harige manwijven over wie die Govert het had gehad.

-●

Eindelijk reden we de brug over, het hek door en over een pad van schelpengruis. In de verte zagen we het huis, dat lag te blinken tussen de bomen. Het onttrok zich aan het zicht toen het pad een bocht maakte en we het bos in reden.

De weg werd hobbeliger, Ab reed nog geen tien kilometer per uur, maar toch leden we in stilte allemaal om Thijs, voor wie elke schok een kwelling moest zijn. Stapvoets passeerden we een groot koetshuis waarnaast twee auto's stonden.

'Een Nissan Patrol,' zei Ab waarderend.

'Dat kleine autootje?' vroeg ik, om belangstelling te tonen.

'Nee, dat is een Prius. Dat is helemaal niks. Die terreinwagen. Ik wil ook een terreinwagen.'

'Wij hebben geen terrein,' zei Cora.

Opnieuw reden we tussen de bomen.

'Daar is het huis,' zei Ab. 'We rijden er in een grote boog omheen. Straks staan we weer bij die brug.'

'Daar zijn ze!' riep Cora, zo opgewonden dat Ab geschrokken op de rem trapte en Thijs kreunde toen hij vooroverschoot.

Over het grasveld kwam een kleurige vlek aanzetten. Het waren drie gestalten, stevig gearmd: Fiep, Anne en tante Lidewij.

Cora rukte het portier open en ook ik stapte uit en voelde de opwinding van vroeger, als we elkaar na maanden weer terugzagen.

'Gaan we een tent bouwen?' Cora spreidde haar armen uit.

'Op zolder!' riep Fiep. 'Met lakens!'

'Ja ja ja!' Tante Lidewij was heel klein geworden. Door haar witte huid, het ravenzwart geverfde haar en de vuurrode lippenstift, die een beetje naast haar mond terechtgekomen was, had ze iets van een porseleinen pop. Ik boog me voorover en kuste haar voorzichtig. Toen omhelsde ik Fiep, groot en stevig. En daarna Anne, tenger, met een rond brilletje waardoor ze op een slimme student leek.

Ab schudde handen.

Niemand was veranderd, zeiden we.

'En dat is mijn man, Thijs', zei ik.

De rit had Thijs zo vermoeid dat hij was blijven zitten, zonder belangstelling voor wat er om hem heen gebeurde.

Fiep liet zich soepel op haar hurken zakken en zei: 'Blijft u nog maar even zitten. We moeten nog een klein stukje verder rijden naar uw huisje.' Al even makkelijk kwam ze weer overeind. Ik keek er met enige jaloezie naar. Tot mijn ergernis moest ik tegenwoordig als ik uit hurkzit overeind kwam mijn handen op mijn knieën leggen en mezelf opduwen. Anne en Fiep waren altijd veel sterker en leniger geweest dan Cora en ik. Ze konden een handstand. Oom Friso, die kort en breed was, kon op zijn hoofd staan. Dan boog hij zich naar de vloer, legde het hoofd op zijn plat uitgespreide handen, met een klein schokje kwamen zijn voeten omhoog en dan, heel langzaam, wist hij zijn lichaam volledig te strekken, tot hij loodrecht ondersteboven stond. Zelfs de lenige Anne kon dat niet.

'Anne, neem jij mam weer mee naar huis?' bedisselde Fiep. 'Dan breng ik jullie naar het huisje. Ik ga wel bij Cora en Juut op de achterbank. Beetje persen, moet lukken. Nee, mam, jij gaat met Anne mee naar huis.'

En zo zaten Cora, Fiep en ik dij aan dij op de achterbank, net als vroeger. Ab startte de auto en we reden weer.

'Het is een echt bos', zei ik.

Fiep lachte luid. 'Het lijkt misschien meer dan het is. Dit is de enige weg en die leidt je helemaal door het bos, achter alles langs. Er is nog wel een looppad van het kleine huis naar de brug, maar als je met de auto bent kun je alleen via deze route. Zo houden wij een mooi uitzicht over het gazon en de bomen. Kijk!'

Daar lag het huisje, met klimop tot aan het rode punt-dak. Het grote, iets aflopende gazon werd omheind door een ligusterhaag. Er was een terras met tafel en stoelen en een grote ligstoel onder een kastanjeboom.

Fiep werkte Thijs zo handig de auto uit dat het wel een goocheltruc leek.

'Dat moet je mij ook leren,' zei ik.

Thijs liep na een paar passen al wat minder onze-ker en zei: 'Dat ziet er idyllisch uit.'

De deur was aan de voorkant, precies in het mid-den. Cora was al binnen en slaakte juichkreten die buiten te horen waren.

Fiep en ik werkten Thijs over de drempel. Tot mijn opluchting was het in het huis verrassend licht. Voor Cora was er een fornuis met zes pitten. Voor Ab een open haard, voor mij waren er ramen aan drie zijden en voor Thijs stond er een grote fauteuil met een hoge zitting en een hoofdsteun.

'Wil je binnen of buiten zitten?' vroeg Fiep, die zich manmoedig over het 'u' heen zette. 'Ik heb hier een geweldige ligstoel, waar mijn moeder na haar operatie nooit meer uit wilde komen.'

'Graag,' zei Thijs.

Het was niet helemaal duidelijk wat hij hiermee

bedoelde, maar Fiep en ik kozen instinctief voor buiten en begonnen aan de weg terug, opnieuw de drempel over. We hielpen hem in de ligstoel.

Samen liepen we weer naar binnen.

'Er is ook een slaapbank beneden,' zei Fiep terloops.

'Thuis moet hij ook twee trappen op als hij naar bed gaat. Het scheelt dat er aan beide kanten leuningen zijn. Hij is normaal heel anders dan nu. Maar of de duvel ermee speelde, drie dagen na onze bruiloft kreeg hij een hartaanval en de operatie heeft hem een enorme opdonder gegeven. Thuis herstelde hij niet goed omdat de buren aan het verbouwen waren en het vreselijk lawaaierig was.'

'Hij lijkt me heel aardig,' reageerde Fiep. 'Mammie was er ook zo slecht aan toe na haar operatie. Ze is nooit meer echt opgeknapt. O sorry, dat is niet zo handig. Dat is totaal geen vergelijking natuurlijk. Mijn moeder is stokoud. En dement. O sorry, ik maak het alleen maar erger.'

Ik kan zelf ook niet geloven dat hij weer beter zal worden, wilde ik zeggen, maar bij 'beter' begaf mijn stem het.

Fiep sloeg een arm om me heen en klopte op mijn schouder. 'Ben je gek! Natuurlijk wordt hij beter! Jullie komen vanavond bij ons eten, ik heb zelfgemaakte tomatensoep. Zul je zien hoe hij opknapt!'

Ik bleef nog even lekker tegen haar grote lijf aan staan. Pas nu drong het tot me door dat ik geen moment geloofd had dat Thijs werkelijk beter zou worden. De goden hadden de roekeloosheid bestraft waarmee ik mijn oude leven achter me had gelaten door met Thijs te trouwen en mijn zolderetage op te geven. Ze hadden mijn knappe, aardige, geleerde man in één minuut veranderd in een bijna onherkenbare grijsaard met lege ogen, voor wie ik eigenlijk een beetje bang was.

Boven waren twee grote slaapkamers. Zelfs van hieruit kon je het grote huis en de vaart niet zien. Fiep kon zeggen wat ze wilde, het terrein moest heel groot zijn. Ik zou niet weten hoe je dat allemaal moest onderhouden in je eentje. Ze hadden natuurlijk personeel, maar dan nog.

'Wat is het hier prachtig,' zei Cora. 'Zo'n bad op pootjes wil ik ook zo graag. Maar Ab vindt het niet goed.'

'Ik heb een huis vol wrakke tafeltjes en kabouters,' zei Ab. 'Ik heb de grens getrokken bij de badkamer.'

'Tuinkabouters?' vroeg Fiep.

'Nee, echte kabouters,' zei Cora. 'Hoewel ik niets tegen tuinkabouters heb, als het echte, mooie, Duitse kabouters zijn. Ik heb een heel oud, stenen paneel van een kacheloven waarop je drie kabouters bezig ziet met de geheime kunst van het smeden. De ene raapt een dennenappel op, de tweede pookt in het vuur en de derde blaast met de balg. Je ziet daarin drie van de vier elementen: aarde, vuur, lucht.'

'Water is niet des kabouters,' zei Ab. 'Dus horen ze ook niet in een badkamer.'

Cora zong: '*Er waren eens twee kaboutertjes, At en Ot. Die waren zo klein dat ze niet in de mensen geloofden. Alleen een beetje in God.*

Ken je dat? Van Rutger Kopland. Ik heb het getoonzet voor mijn dameskoor.'

'Wat zing je prachtig!' riep Fiep. 'Je lijkt wel een zangeres!'

'Dat ben ik ook,' zei Cora.

'Maar je zou toch celliste worden?'

'En ik directrice van een weeshuis!' Ik liet me op het bed vallen. 'En Anne turnkampioen en jij ontdek-kingsreizigster. Wat hebben we veel bij te praten...'

'Die spiegels,' zuchtte Cora, 'zijn die authentiek?'

'Alleen de buitengevel is authentiek,' zei Fiep. 'Het was hier een jaar geleden nog echt afschuwelijk. De vrouw van de tuinman had het in 1972 helemaal laten opknappen naar de eisen van de tijd en daarna was er nooit meer iets gebeurd. Het was een nachtmerrie in bruin en oranje met triplex platen op de deuren en schrootjes tot aan het plafond. Toen de tuinman met zijn gezin vertrok stond het bovendien een tijd leeg, dus het werd vreselijk vochtig. De zwammen groei-den tussen de plinten. Vorig jaar heb ik de hele boel kaal laten halen en opnieuw laten stuccen en verven. En helemaal opnieuw ingericht.'

'Waar koop je al die prachtige spullen?' vroeg Cora. 'Ah, ik wil ook zo'n kast!'

'Op rommelmarkten. En in winkels waar het veel te duur is. Dertig kilometer verderop is een winkel waar je oude schoorsteenmantels, deuren en hekken kunt krijgen. Ga er niet heen, want je ruïneert je-zelf.'

'Heb je daar die mooie poort ook gekocht?' vroeg ik. 'Met EVA AVE en dat grappige mannetje met dat kruiwagentje?'

'Nee, die is echt nog van het begin, die heeft mijn overgrootvader zelf nog ontworpen. EVA AVE is een afkorting van Eén voor allen, allen voor één?'

'Ik dacht dat het mannetje Adam was en dat hij in zijn paradijstuin wachtte op zijn Eva.'

Fiep lachte luid. 'Verzin je zo al je boeken bij elkaar?'

'Ik verzin nooit iets,' zei ik. 'Maar de waarheid doet zich aan de ene mens anders voor dan aan de andere. Ik ga de koffers halen.'

'Ik stap op,' zei Fiep. 'Jullie eten dus bij ons vanavond. Is zeven uur niet te vroeg?'

'Kan zes uur ook?' vroeg ik. 'Wij zijn heel burgerlijk.' Ik wilde niet zeggen dat Thijs het niet te laat kon maken.

'Geen probleem! Eten jullie alles? Geen allergieen?'

'Zo modern zijn we nog niet,' zei Cora. 'Judith, ga jij maar een eindje wandelen, wij maken hier de boel wel op orde.' En ze wapperde met haar handen.

Gewoon de verharde weg weer teruglopen, of mijn eigen pad zoeken, de andere kant op? Thijs zei dat verdwalen in Nederland niet mogelijk was, toch slaagde ik daar vaak wonderwel in. Had ik maar steentjes om een spoor achter te laten. Er stond een halfdode vlier met vlezige zwammen op de laatste takken. Halfdode vlier met judasoor, prentte ik mezelf in. Even verderop waren twee iepen op ooghoogte met elkaar vergroeid tot één stam, waarna ze weer elk hun eigen weg omhooggingen.

Ik zou nooit bij Thijs weggaan. Maar hoe kon ik iets van een eigen leven terugkrijgen als hij altijd hulpbehoevend en somber zou blijven? Schrijven lukte me al drie jaar niet meer. Dat was de prijs die ik voor de sterfelijke liefde had moeten betalen. Cora had me vanaf het begin gewaarschuwd: zeemeerminnen verloren hun stem als ze verliefd werden en zieneressen hun voorspellende gave bij de eerste kus. Het had me onzin geleken en daarbij was ik zo krankzinnig van verliefdheid geweest dat ik me door niets zou hebben laten tegenhouden. Zelfs de twee waarzegsters op de paranormaalbeurs waar Cora me mee naartoe had genomen, die onafhankelijk van elkaar zeiden dat ik niet met Thijs moest trouwen, had ik getrotseerd. Dat was makkelijk geweest, want ik geloofde ze geen van beiden. Ik nam aan dat Cora, die de vraag voor mij had gesteld, hen onbewust beïnvloed had.

Je kon het ook omdraaien: misschien was de bron na drie boeken opgedroogd en had ik daarom mijn hart verloren. Soms verlangde ik naar het eind van mijn leven, naar de seconden voor mijn dood, waarin alles zich in een flits zou openbaren.

Vooralsnog maakte het allemaal niet uit: ik ging mijn levensweg zoals ik nu over het bospad liep: aarzelend, bang en tegelijkertijd met een zekere roekeloosheid, omdat er toch niets aan te doen was. Je kon alleen maar vooruit, de ene voet voor de andere zettend.

Pas nu zag ik dat er evenwijdig aan het pad een hek was. Blijkbaar liep ik langs de uiterste rand van het landgoed. Dat was makkelijk, ik hoefde alleen dit hek te volgen en zou, leek mij, vanzelf bij de vliet komen. Achter het hek lagen weiden waarin koeien graasden.

Fiep had gelijk: zo heel groot was het gebied niet, want binnen de kortste keren was ik bij een van de volkstuinen aan de rand van het water, waarachter de weg liep die we gekomen waren.

De tuinen waren best groot, zo'n honderdvijftig vierkante meter per stuk, schatte ik. Alleen de eerste tuin, op de hoek, was afgebakend van de rest door een meer dan manshoge takkenril. Daar had iemand jaren aan gebouwd. Ik ging op mijn tenen staan en probeerde over de takkenhaag heen te kijken, maar die was te hoog en te dicht.

De tuin ernaast was slecht onderhouden. De rommelige borders waren bedekt met een groen waas van onkruid, de bessenstruiken zaten vol dood hout en in een hoek lag een slordige hoop afval van takken en graszoden.

Langzaam liep ik over het schelpenpad. Vijf tuinen tot de brug en nog eens vijf daarna. Tien microkosmossen. Ook al zag je overal dezelfde rijtjes bonen en tomaten, toch waren ze allemaal verschillend.

Het laatste stuk grond lag braak. Dat verbaasde me niet: het lag half in de schaduw van een metershoge muur van bamboe. Misschien was dit wel een elfde tuin geweest, en was de eigenaar verdreven door het onverslaanbare gewas, dat meedogenloos was opgerukt, zowel boven als onder de grond. De stengels waren zo'n drie, vier meter hoog, maar dat zei nog niets over hun ouderdom, bamboe groeide waar je bij stond.

Ik wierp een laatste blik op de tuinen en schrok. Een man stond tot zijn middel in een rechthoekige spitvoor, precies zo groot als een vers gedolven graf. Hij keek me strak aan. Ik moest hem gepasseerd zijn, maar had hem niet gezien.

Pas nu herkende ik de fietser van de brug aan zijn alledaagse gezicht, waarop snor, bril en pluishaar slordig waren aangebracht, als bij een kindertekening.

Doorlopen zou onbeleefd zijn. Ik liep naar hem toe, over het middenpad van aangestampte aarde.

'Mooie grond,' zei ik.

'Jij bent die ene van daarnet.' Hij reageerde met schijnbare tegenzin.

'U ook.'

'Kom je een tuin huren?'

'Nee, we zitten in het zomerhuis.' Met mijn duim wees ik over mijn schouder.

'O. Ben jij dat. Met die invalide man.'

'Tijdelijk invalide. Hij heeft een hartaanval gehad.'

'De eerste?' vroeg hij met een spottend lachje.

Eigenaardig type. Zouden ze allemaal zo zijn hier? Ik stelde me voor hoe ze bij zonsopgang oprezen uit hun graven, met spitvork en al.

'Hoelang ben je van plan te blijven?'

'Ik ga al.' Dit stukje van het landgoed moest ik voortaan maar overslaan. Hij kon me zo mijn kop afslaan met die spade van hem. Hup in die kuil, aarde erover en niemand zou weten waar ik gebleven was.

'Ja. Nee,' zei hij ongeduldig, 'dat bedoel ik niet. Ik bedoel: hoelang blijven jullie in het huis?'

'Tot september.'

'Neem een tuin.' Hij stapte uit het gat. Zijn zwarte shirt was nat van het zweet.

'Hoe bedoelt u?'

'Wat wou je dan? De hele tijd in je hangmat liggen? Die man van jou loopt niet weg. Ha ha! Dat kan hij niet eens! Ha ha! Je kunt dit stuk krijgen. De tuin hiernaast is vrij.'

Een tuin! Het was zo'n verlokkende gedachte dat ik het bijna niet durfde te geloven. 'Een tuin voor twee maanden?' Waarom eigenlijk niet? Ik kon sla neerzetten, en radijzen en bloemen zaaien.

'Ik heb overal te veel van,' zei de man, die mijn aarzeling zag. 'Je kunt krijgen wat je wilt. Peterselie. Radijzen. Dat soort spul.' De wind blies het dunne haar op zijn schedel tot een pluimpje, als bij een baltsende paradijsvogel.

'Ik heb vroeger een volkstuin gehad,' aarzelde ik. 'Ik moet het even bespreken met de achterban.'

'Hoezo? Heb je geen leven van jezelf?'

Dat trof doel. Hij liet zijn spade in de grond vallen en zei: 'Loop maar mee.'

Met grote passen liep hij voor me uit.

Haastig, bijna hollend om hem bij te houden, ging ik achter hem aan. We liepen terug langs de tuinen, bijna tot bij het begin. Plotseling stond mijn metgezel stil en riep: 'Dokter Zeelenburg!'

Er was niemand op de tuin. Zou ook hier plotseling iemand uit de grond opduiken?

'Dokter Zeelenburg!'

Ik keek naar mijn metgezel. Toen ik mijn blik weer op de tuin richtte, stond er een stokoude man op het grasveld. Hij had een neus als een toekansnavel, zwaar overhuivende wenkbrauwen en een bos wit haar die in een wolk rond zijn hoofd lag. Een prediker. Of een jager op groot wild.

Waar kwam hij zo ineens vandaan? Het leek wel tovenarij. De man knikte me toe en wendde zich tot mijn metgezel. 'Govert,' zei hij alsof hij een feit vaststelde.

Govert. Ineens herinnerde ik me de naam weer.

'Zij komt nummer 10 huren.' Govert maakte een hoofdbeweging naar mij. 'Tuin 10.'

'Dat is mooi, mooi, mooi,' zei de man, mij van top tot teen opnemend. *Il faut cultiver son jardin*. Voltaire.'

'*Candide*,' zei ik.

'En niet voor niets de laatste zin.' Hij stak een benige wijsvinger in de lucht.

'Ik ben hier maar tot september,' zei ik.

'Zij zit in het boswachtershuisje.' Govert bleek de hinderlijke gewoonte te hebben om over mij te praten alsof ik er niet bij was.

'Kijk eens aan! Wat een coïncidentie!'

De beide mannen wisselden een geamuseerde blik, wat een onaangename indruk op me maakte.

'Loopt u maar mee,' zei dokter Zeelenburg. Hij draaide zich om en liep kwiek voor me uit. De tuin was onberispelijk. In de gauwigheid herkende ik dollekervel, Italiaanse aronskelk, doornappel en digitalis. Een dergelijke uitstalling had ik eens in de hortus botanicus van Berlijn gezien, tijdens een tentoonstelling van giftige planten. Ook zag ik een border met cannabisplanten.

'Dat is wiet!' zei ik zachtjes tegen Govert.

'Ja? En?'

Toen ik me weer omdraaide, was dokter Zeelenburg verdwenen. Govert grinnikte om mijn verbazing.

Het raadsel was gauw opgelost: een trapje naar beneden leidde naar een ondergrondse ruimte.

Verrast liep ik de smalle treetjes af en kwam in een volledig ingerichte kamer met een bed, een tafeltje en zelfs een houtkachel met een theeketel erop. Er moest nog ergens een luik zijn, want ook boven het bed in de hoek viel het zonlicht naar binnen.

Dokter Zeelenburg volgde mijn blik. 'Wat vindt u van mijn onderwereld? Het is een monument. Gegraven in de Tweede Wereldoorlog. Vele levens zijn hier gered, waaronder het mijne. Neemt u plaats. Wilt u een glaasje limonade?'

Over de lengte van de zijmuur waren op ooghoogte planken aangebracht waarop gedroogde planten en kruiden lagen, die een bedwelmende, onaangename geur afgaven.

'Geneeskrachtige planten zijn een liefhebberij van mij.' Dokter Zeelenburg schonk drie glaasjes in. 'Gaat u zitten.'

Ik ging op het bed zitten. De laatste tijd was er veel te doen over een stichting die middelen verstrekte waarmee je pijnloos je leven kon beëindigen. Vooralsnog waren dergelijke middelen alleen in China te krijgen, maar waarom zouden ze niet in Nederland gekweekt worden? Misschien hadden dokter Zeelenburg en Govert samen een groothandel in vergif. Er was veel animo voor.

Govert klapte twee stoeltjes uit, voor hem en voor de dokter.

Ik zette het glas aan mijn lippen, maar pas toen Govert een flinke slok nam en zijn lippen afveegde, durfde ik een klein teugje te nemen.

'Hier heb ik het!' Dokter Zeelenburg rommelde in een stapel papieren. 'Maar zullen we eerst eens kennismaken? Zeelenburg is de naam.' Hij stak zijn hand uit.

'Loman,' zei ik.

'Govert,' klonk het met tegenzin uit de hoek.

'Loman.' Dokter Zeelenburg legde een formulier op tafel en schreef mijn naam op. 'Met één of twee o's?'

'Eén.'

Hij schoof het papier over tafel naar me toe. 'Hier graag uw handtekening.'

'Maar wat teken ik nu precies?' vroeg ik, haastig lezend.

'Het contract voor uw tuin,' antwoordde dokter Zeelenburg. 'Mag ik u tutoyeren, overigens?'

Ik knikte.

'En wat is je voornaam?'

'Judith,' zei ik afwezig, terwijl ik mijn ogen over het formulier liet glijden. Er stond bijna niets op. Tuinhuur per kalenderjaar. Opzegtermijn twee maanden. Naam en adres.

Nogmaals tikte dokter Zeelenburg met zijn wijsvinger onder aan het papier.

Ik werd zenuwachtig. 'Wat kost het? Ik heb geen geld bij me.'

'Vijf cent. Kijk... ik geef u een stuiver. Als u die weer naar me terugschuift, heeft u uw contributie betaald.' Met een klap legde hij een stuiver naast het formulier.

'En ik verplicht me verder tot niets?' herhaalde ik.

'He-le-maal niets. Geen gif spuiten.'

'Dus ik blijf alleen deze zomer, ik betaal niets en ik heb geen enkele verplichting.'

Dokter Zeelenburg keek me zwijgend aan.

Ik schoof de stuiver terug en zette mijn handtekening.

Thijs lag in zijn ligstoel te sluimeren en merkte me
niet op. Ik liep door naar binnen. Cora was de kratten met keukenbenodigdheden aan het uitpakken.
'Ik heb veel te veel meegenomen. Er is hier ook een
Nespresso-apparaat en een elektrische melkschuimer.
Maar wat maakt het uit. Ik ben zo vrij geweest jullie
spullen uit te pakken zodat ik het bed kon opmaken.
Wat had jij je koffer netjes ingepakt, ik stond ervan te
kijken!' Cora beschouwde me nog altijd als een artis-
tieke slons. 'Waarom heb je in vredesnaam een luchtbed meegenomen?'

'Daar slaap ik op sinds Thijs uit het ziekenhuis is.
Ik ben zo bang dat ik 's nachts tegen hem aan rol en
hem pijn doe, dat ik helemaal verkrampt op het rand-
je lig en niet kan slapen. Dus lig ik nu op een luchtbed naast hem.'

Cora keek me meewarig aan. 'Lig je al die tijd al
op de grond? Je moet maar even lekker een warm bad
nemen, ik doe alles hier wel.'

Ik liep naar boven. Cora had het tweepersoonsbed
opgemaakt, heel mooi strak, zoals ik het niet kon.
Ik ging op de rand van het bed zitten en begon het
luchtbed op te blazen. Halverwege werd ik duizelig.
Ik deed de stop erop, ging op het grote bed liggen
en viel meteen in slaap. Een kwartier later werd ik

wakker, merkwaardig uitgerust. Ik liet het bad vollopen en net toen ik er met mijn sudokuboekje en pen in wilde stappen kwam Cora een borrel brengen.

'Oude jenever, heeft Ab speciaal voor jou meegenomen.'

'Als nu ook mijn sudoku nog uitkomt, ontbreekt er niets meer aan mijn geluk.' Ik liet me in het water glijden.

Tegen vijven kwam Anne ons halen met een rolstoel met heel dikke banden, een 'terreinrolstoel' zoals zij het noemde, en even later liepen we met z'n vijven naar het grote huis. Het gazon werd omzoomd door perken met groene struiken. Het gebrek aan kleur verbaasde me. Waarom waren er geen rozen? Ik zon op een beleefde vraag die niet als kritiek kon worden uitgelegd, maar toen zag ik dat het huis, dat er uit de verte stralend had uitgezien, slecht onderhouden was. Door het pleisterwerk liepen dunne barsten en de luiken waren verveloos. Misschien zaten Anne en Fiep zo slecht bij kas dat de tuin erbij inschoot.

We liepen om het huis heen, de voordeur was aan de achterkant.

'Daar woon ik,' zei Anne en wees op een uitbouw aan de zijkant, iets lager dan de rest. Op de donkergroene voordeur stond met sierlijke witte letters 55 geschilderd.

'Is dat een apart huisje?' vroeg ik.

Anne knikte.

'En waar woont Fiep?' vroeg Cora.

'In de rest.' Anne maakte een gebaar dat alles omvatte: huis, tuin en bos. Toch was zij de oudste, al scheelde ze maar een jaar met haar zus.

De hal was koel en vochtig. Rechts was een marmeren trap die naar beneden toe wijd uitwaaierde. De deuren naar de vertrekken waren olijfgroen geschilderd en aan het einde van de gang lag de keuken, met een zwart-wit geblokte tegelvloer. Fiep verscheen op de drempel met een vrolijk, verhit gezicht. Ze boog zich voorover, pakte een punt van de rode loper en sloeg hem om, zodat de vloer eronder zichtbaar werd. Met dikke, zwarte stift stonden de getallen 1 tot 8 op het marmer geschreven.

'O ja!' riepen Cora en ik in koor.

'Toen wij hier kwamen was er één marmeren vloerplaat gebarsten,' vertelde Fiep aan Ab en Thijs. 'En we hadden niet veel geld op dat moment. Mijn vader kocht acht marmeren wastafelplaatjes. Hij nummerde ze met viltstift. Maar dat ging er niet meer vanaf. Dus toen hadden we een hinkelbaan in de gang.'

'En de hut?' vroeg Cora. 'En het luik op zolder?'

'Kijk gerust rond,' zei Fiep. 'Anne, haal jij mam?'

Haar status was onmiskenbaar. Vroeger was ik Enus geweest, Anne Tweeüs, Fiep Drieüs en Cora Vierus. De tijd had de rangorde veranderd. De laatsten waren de eersten geworden. En waar lag dat nou eigenlijk aan? Ik had nu ook wel een man en een huis, maar die vanzelfsprekende autoriteit zou ik nooit meer terugkrijgen, daarvoor had ik te lang in de verdrukking gezeten. Zoiets moest ook met Anne gebeurd zijn. Ze leek er tevreden mee.

'Wat hebben jullie het mooi gemaakt!' riep Cora.

'Ik herinner me nog hoe de verhuisdozen hier stonden te beschimmelen en oom Friso met het open-
haardhout door de vloer zakte.'

Fiep lachte. 'De vloer was verrot door het vocht.
Het kostte bijna nog meer om het te laten herstellen
dan om er een hele nieuwe vloer in te leggen. De gordijnen waren ook beschimmeld. Elke keer als je een
kast opendeed, kwam er een zwerm motten uit.'

Ze ging ons voor naar de woonkamer. De tuin-
deuren stonden open. Het was er licht door de grote
ramen en de spiegels. De kleden en meubelen waren
aangenaam versleten.

'Dat is een Voerman!' riep Thijs verrast.

Ik verbeeldde het me niet, zijn stem werd sterker
en kreeg het oude timbre terug. Ik hielp hem de rolstoel uit, hij schudde mijn arm van zich af.

'Dat schilderij met die koeien? Ik geloof het wel,'
zei Fiep. 'Is het wat waard? Heb jij er verstand van?'

'Niet echt van prijzen, maar een Voerman van dat
formaat is heel wat waard. Het is overigens geen schilderij maar een aquarel. Hij hangt hier volmaakt.'

In geen maand had ik Thijs zoveel achter elkaar
horen zeggen. Opgewonden schuifelde hij naar een
ander schilderij. 'Een Dijsselhof!'

Misschien kreeg ik de man met wie ik getrouwd
was toch nog helemaal terug.

Fiep schonk wijn in, Thijs bewonderde de schilderij-
en, Ab liet zich tevreden in een grote leren fauteuil
zakken en Anne kwam binnen met aan haar arm tante Lidewij, die direct opgewonden riep: 'Glaasje wijn!'

Cora liep aan het meubilair te voelen, te snuiven

en te kloppen. 'Het is hier werkelijk schitterend!'

'Als je van versleten chic houdt,' reageerde Fiep aarzelend. 'Ik zie vooral wat er allemaal nog moet gebeuren.'

'Het is toch jullie overgrootvader die hier begonnen is?' Ik hoopte haar via de familiegeschiedenis naar de mysterieuze verdwijning van haar vader te leiden.

'De gezusters hebben de hele autorit zitten kakelen over de familievloek,' zei Ab. 'Daar wil ik graag meer over horen. Maar mag ik eerst een dronk uitbrengen op het gezelschap?'

We hieven de glazen.

'Ja!' riep tante Lidewij. Ze bracht het glas naar haar mond, maar raakte haar wang en morste op haar blouse. Ze lachte en zette het glas bijna naast het tafeltje. Geroutineerd schoot Anne toe. Het moest een dagtaak zijn om tante Lidewij te behoeden voor ongelukken. Zouden Anne en Fiep dat allemaal zelf doen?

'De vloek…' Fiep keek naar Anne, die begon te vertellen.

'Mijn vader noemde het de Vloek van de Lanssens, het feit dat elke nieuwe eigenaar het landgoed wilde weggeven rond zijn vijftigste. Ik weet eigenlijk niet of je een goede daad een vloek mag noemen. Noa, dat is de dochter van Fiep, zegt juist dat het bezit van het landgoed een vloek is.'

Kijk eens aan, Fiep had een dochter.

'En wat vind jij?' vroeg ik.

Anne aarzelde. 'Voor mij is het geen vloek. Maar Fiep moet wel erg hard werken.'

'Van hard werken is nog nooit iemand doodgegaan,' zei Cora.

Anne glimlachte. 'Dat ben ik niet met je eens.'

Ik knikte haar toe. 'Ik ook niet.'

'Terug naar de vloek,' zei Ab. 'Zijn hier ook spoken? De geest van de man met de baard?'

'We hadden een klopgeest,' zei Fiep, 'maar dat bleek een boktor te zijn.'

'Boktor de Klopgeest,' zei ik. 'Leuke titel. Kun je wel een opera van maken, Cora. *Klopgeest Boktor*.'

Zonder een seconde te aarzelen zei Cora:

'Hoor wie klopt daar in de gang?
Dat is klopgeest Boktors zang.
Hij heeft geen hart, klopt toch hard voort.
Sloopt kloppend man en machtig oord.'

Anne en Fiep stonden paf. Ab en ik zaten te glimmen, als trotse ouders.

'En jij was toch altijd onze schrijfster!' Fiep keek naar mij, stak haar arm omhoog, greep met een gekweld gezicht haar pols en riep:

'O hoofd, geleid mijn hand,
en breng ons in verband!'

'Goed rijmpje eigenlijk,' zei Cora. 'Veel diepzinniger dan het lijkt.' Ze wendde zich tot Ab en Thijs. 'Tante Lidewij schilderde. In haar atelier had ze een skelet staan. Dat ding viel steeds meer uit elkaar. Wij haalden de schedel eraf en om beurten verstopten we die. Een van de anderen nam de hand en die ging dan zogenaamd op zoek naar de schedel. We legden overal briefjes neer, waarop tweeregelige rijmpjes met cryptische aanwijzingen geschreven waren.'

'We hebben die schedel nog eens aan een touwtje

in de put gehangen,' zei Fiep. 'Maar het touwtje brak. Toen was mammie echt woedend. Gelukkig wisten we hem er weer uit te vissen, het was een geweldig avontuur.'

'We hebben nog heel lang naar de onderkaak staan dreggen, maar die hebben we nooit meer op weten te halen,' zei Anne. 'Dat vond mijn moeder echt vervelend, want ze gebruikte die schedel vaak bij het schilderen. Kijk, daar zie je nog een doekje van haar.'

Het was een olieverfschilderijtje. Een vanitastafereel met een schedel op een tinnen schaal, een ei en een half geschilde citroen.

'Schildert je moeder nog?' vroeg ik zachtjes, met een hoofdgebaar naar tante Lidewij.

Anne en Fiep keken elkaar aan.

'Soms probeert ze het.' Anne dempte haar stem. 'Maar dan smeert ze de verf overal op, behalve op het doek. Dat is heel frustrerend voor haar. Juut, hoe gaat het met het schrijven? We hebben al je boeken hier in de kast staan.'

'Dat is een nogal pijnlijk onderwerp. Ik kan niets meer bedenken. Ik geef les, ik schrijf zo nu en dan een artikeltje en dat is het.'

'Misschien krijg je hier inspiratie,' zei Anne.

'Dat zou kunnen.' Ik dacht aan het stukje grond dat ik net had gehuurd. Ik had er nog niets over verteld.

Ab begon weer over de vloek, maar Fiep wimpelde het af, stond op en gelastte ons naar de eetkamer te gaan.

Met ons glas in de hand liepen we achter haar aan naar een ruime, vierkante hoekkamer die aan twee kanten uitzicht bood op de tuin. Groenblijvende struiken zo ver het oog reikte.

'Waarom nemen jullie toch geen rozen?' riep ik uit.

'Heb je verstand van tuinen?' vroeg Fiep. 'Rozen lijken me altijd zo moeilijk, met dat snoeien en zo. Vind je het goed als we Thijs naast mijn moeder zetten? Mam is dol op knappe mannen.'

Na enig duw- en trekwerk hadden we Thijs en tante Lidewij naast elkaar, en inderdaad bloeide tante Lidewij op als een dorstige bloem in de regen. Ze rechtte haar rug en haar ogen begonnen te stralen.

Ik keek er geïntrigeerd naar. Ongelofelijk, dat werkte op je tachtigste dus ook allemaal nog.

'U woont hier vorstelijk,' zei Thijs, wiens stem ook flinker werd.

'Ja ja!' Tante Lidewij straalde. 'Glaasje wijn!'

Fiep lichtte het deksel van de soepterrine en riep: 'Wie wil er koffiemelk in zijn tomatensoep?'

'Koffiemelk in de tomatensoep,' zei Cora. 'Negentienvijfenzeventig. Vlaflip. Vleesfondue.'

'IJs met cocktailvruchtjes,' vulde Fiep aan. 'Kaassoufflé en onrijpe meloen met suiker.'

Ik stak mijn wijsvinger in de lucht. 'Opkomst van de aubergine.'

'Witte boterhammen met basterdsuiker,' zei Anne. 'Orgieën van basterdsuiker. Maar dat was typisch iets voor jullie, jullie hadden wel drie kleuren basterdsuiker.'

'Ja ja!' riep tante Lidewij. Ze morste soep over haar jurk.

Na de soep volgden hazenbout, gebakken aardappelen, worteltjes en sla. Fiep had een karretje dat ze in razende vaart door de lange gang duwde. De drempel nam ze handig, het was duidelijk dat ze dit vaker had gedaan, al aten ze volgens Anne meestal in de keuken.

'Haas uit eigen bos?' vroeg Ab.

Fiep lachte. 'Hazen wonen niet in bossen. Er schijnt er wel eentje bij de volkstuinen te zitten. Wil je sla, mam? Thijs, zal ik jou ook opscheppen? Wat zeg je? Nee, ik doe zelf niet aan tuinieren. Alles wat jullie hier eten komt uit de winkel. Mijn vader heeft wel een tijd een tuintje gehad, maar daar heeft hij bamboe geplant, dat is nu zoiets als de doornenhaag van Doornroosje. Hier is de mayonaise. Niet zelfgemaakt. Hoewel het heel makkelijk is.'

'Heeft jouw vader die bamboe geplant?' vroeg ik geïnteresseerd.

'Hij dacht dat bamboe het bouwmateriaal van de toekomst zou worden,' antwoordde Fiep. 'En ook van de textielindustrie.'

Anne hief een been boven tafel. 'Deze broek is van bamboe gemaakt. Ik draag bijna alleen nog bamboe. En brandnetel, dat is ook heerlijk materiaal.'

'Ik vroeg me al af hoelang dat bamboe er stond. Ik kwam er vanmiddag langs.'

'Dat was een paar jaar voor zijn verdwijning, dus dat is nu ongeveer vijfentwintig jaar geleden,' rekende Anne uit.

Verdwijning. Het woord was gevallen.

'Ging je vader investeren in bamboe?' vroeg Ab.

Fiep schonk de glazen bij. 'Hè hè, jongens, ik zit. Neemt iedereen verder gewoon zelf waar hij trek in heeft? In de keuken is nog meer.' Ze keek naar Ab. 'Je had het al over de vloek. Mijn ouders lachten daar altijd om, maar mijn vader had een heel spirituele kant. Eigenlijk had hij filosofie willen studeren. Dat vreselijke drinken van hem kwam volgens mij doordat hij werk deed waaraan hij een hekel had.'

'Wat deed je vader dan?' vroeg Ab.

'Op aanraden van zijn vader ging hij mijnbouw studeren. Daar zou altijd werk in zijn. Pap heeft twaalf jaar gestudeerd en toen hij eindelijk klaar was, sloot de laatste mijn in Nederland. Toen ging hij in de olie. Hij haatte zijn werk en bovendien zag hij toen al in dat we helemaal af zouden moeten van fossiele brandstoffen, in een tijd dat niemand het daar nog over had. Dus dat was geen makkelijk leven. Nou ja, en toen was hij weg.'

Bedoelde ze nou dat hij zelfmoord had gepleegd?

'Ik weet niet of jullie het vervelend vinden om erover te praten.' Cora sprak behoedzaam. 'Maar mag ik vragen of dat ooit is opgehelderd?'

Fiep wierp een blik op haar moeder. Die was zo ingespannen bezig haar hand naar haar wijnglas te brengen dat het gesprek haar leek te ontgaan.

'Nee,' zei ze. 'Dat is nooit opgehelderd. Jullie mogen er gerust naar vragen. We hebben geen antwoord. Op een dag was hij weg. We hebben de politie gebeld, er is een onderzoek geweest, we zijn zelfs nog naar een helderziende gegaan, maar het heeft allemaal niets opgeleverd.'

'En het bamboe groeide voort,' zei ik. 'Dat zal wel een soort proeflapje zijn geweest, dat tuintje?'

Fiep knikte. 'Hij plantte verschillende soorten. De

volkstuinders waren woedend.' Ze onderbrak zichzelf en vroeg: 'Weten jullie iets van de geschiedenis van Groenlust? Een voorvader van ons heeft dit landgoed gekocht in 1910. Eerst heeft hij de hele boel opgeknapt en centrale verwarming aangelegd en net toen het een beetje comfortabel was geworden, wilde hij het weggeven om er een opvanghuis voor arme sloebers van te maken. Zijn vrouw heeft het voor het grootste deel tegen weten te houden. Aan de weg werd een strook gegeven aan een volkstuinvereniging voor arbeiders, in eeuwige erfpacht. Hebben jullie die tuinen gezien? Jullie zijn erlangs gereden?'

'Ik heb er tien geteld vanmiddag. Ik vond het behoorlijk grote lappen.'

'Ze waren oorspronkelijk veel kleiner. Er waren in het begin wel dertig tuintjes. Maar zo'n tien jaar geleden kwam de klad erin. Bovendien kwam er aan de rand van het dorp een nieuw volkstuincomplex. Daar mag je een huisje neerzetten, met een schotelantenne, zodat je met z'n allen voetbal kunt kijken. Daar is ook water en elektriciteit. Hier mag je geen huisje neerzetten, er zijn geen voorzieningen, je moet je water met een emmer uit de vliet halen en dat is voor de oudere tuiniers veel te zwaar. Toen is een hele groep vertrokken. Dus heb ik de advocaat gebeld?'

Anne onderbrak haar. 'Fiep vergeet te vertellen dat de vereniging moet worden opgeheven als er minder dan tien tuinen verhuurd zijn. Dat heeft onze overgrootvader zo bepaald. Zo voorkom je dat een handjevol mensen tot in lengte der dagen de grond gijzelt voor een paar gulden per jaar?'

'Wat nu dus precies het geval is,' zei Fiep. 'Na de grote uittocht tien jaar geleden waren er nog elf tuiniers over. Daarom nam ik mijn advocaat in de arm, voor 280 euro per uur, en die raadde me aan ze een oprotpremie te geven. Maar die elf wilden niet weg. Omdat de verlaten tuinen begonnen te verwilderen en ze geen nieuwe leden konden vinden, hebben ze van die dertig lapjes een aantal grote tuinen gemaakt en daar zitten ze nu prinsheerlijk voor een dubbeltje op de eerste rang. Terwijl ik een half miljoen voor die grond kan krijgen! Maar er zit schot in de zaak: kortgeleden is er eentje naar het verpleeghuis afgevoerd en ouwe Teun heeft net zijn tweede hartaanval gehad, dus dat gaat de goede kant op. O sorry, Thijs, dat is niet zo tactvol van me. Juut, Juut, sorry! Ik bedoelde het niet zo!'

Ik had mijn handen voor mijn ogen geslagen en kermde.

'Heb je je gebrand?' Ab gooide zijn servet al op tafel en schoof zijn stoel naar achteren. Hij is goed in redden.

Ik trok mijn handen weg en begon zenuwachtig te lachen. 'Fiep, bedoel je nou echt dat je een half miljoen voor die grond krijgt zodra er nog één tuinier afhaakt?'

Fiep knikte. 'Het hangt van de bestemmingsplannen van de gemeente af, maar een paar ton zit er zeker in.'

'Dat wist ik natuurlijk niet,' zei ik. 'O hemel, hoe moet ik dit uitleggen. Ik was vanmiddag bij de tuinen, toen raakte ik aan de praat met iemand, ik vertelde dat ik hier de hele zomer zat en toen zei hij dat ik wel een tuintje kon nemen voor de zomer. En dat heb ik gedaan.'

Ze begreep het nog niet. 'Je hebt toch geen contract getekend?'

Ik knikte stom.

Fiep zuchtte diep, zette haar ellebogen op tafel en legde haar hoofd in haar handen. Haar schouders zakten naar beneden.

'Een contract?' riep Cora. 'Hoe kun je nou zo stom zijn! Juut, wat bezielde je?'

'Govert,' zei Fiep, die weer opkeek.

'Govert. En dokter Zeelenburg. Het spijt me. Ik zal morgen meteen opzeggen.'

'Je kunt er niets aan doen.' Ze nam een lange teug uit haar glas en schoof het van zich af zodat Ab haar kon bijschenken. 'Je kunt er niets aan doen,' herhaalde ze, alsof ze zichzelf wilde overtuigen. 'Het zal niet heel veel uitmaken. Dan duurt het alleen nog wat langer. Zit er maar niet over in. Het komt wel goed. Ze zitten er al zo lang. Dit kan er ook nog wel bij.'

'Wat bezielde je?' herhaalde Cora verlekkerd.

'Het ging zo snel. Ik stond naar die tuintjes te kijken en toen dook Govert ineens op en het volgende moment stond ik al bij dokter Zeelenburg in zijn bunker met een pen in mijn hand en een contract onder mijn neus.'

Ab had plezier. 'Heeft iemand je weleens gezegd dat je een contract moet lezen voordat je het tekent?'

'Ik héb het ook gelezen!'

Thijs knikte me over tafel vriendelijk toe en zijn stem klonk als vanouds: 'Maar het is oerstom, lieverdje.'

We schoten allemaal in de lach en de rest van de

avond werd er niet meer over gesproken. Tegen negenen liepen we naar de boswachterswoning, want we waren allemaal moe en er zou genoeg tijd zijn om bij te praten. Het laatste liedje van de merel klonk.

Ab en Cora bleven nog even beneden, maar Thijs was bekaf en wilde naar bed. Ik hielp hem zijn schoenen en sokken uittrekken en hield zijn handen vast toen hij zich kreunend op bed liet zakken. Thuis hadden we een touw aan het voeteneind gemaakt waarmee hij zich op kon trekken.

Ik blies het luchtbed verder op en rolde mijn slaapzak uit.

'Kom je nog even bij me?' vroeg Thijs.

'Natuurlijk,' zei ik verrast.

Heel voorzichtig ging ik naast hem liggen en pakte zijn hand. Zo lagen we daar, tot ik aan zijn adem hoorde dat hij sliep. Ik stond op en kroop in mijn slaapzak.

Ik hoorde de roep van een bosuil. Het bed leek zacht te deinen, een gevolg van de wijn misschien. Zodra ik mijn ogen sloot zag ik de benige wijsvinger van dokter Zeelenburg op de stippellijn van het contract timmeren.

Loop even mee, had Govert gezegd, en ik was direct achter hem aan gemarcheerd. Theorieën en argumenten kon ik het hoofd bieden, maar tegenover de brute kracht van 'zo is het' stond ik weerloos. O, zo is het. Zeg maar waar ik moet tekenen. In drievoud, zesvoud, maakt niet uit. En ik sprong in elke afgrond die me gewezen werd.

Cora geloofde weliswaar in kabouters, maar die

zou zich nooit zo'n contract hebben laten aansmeren. Ze zou lachend weggelopen zijn.

Wat kon ik doen? Ik zou het contract direct de volgende dag opzeggen, dan nog zat ik er tot het eind van het jaar aan vast. Verscheuren had geen zin, dokter Zeelenburg had een kopie. Zelfs inbreken was zinloos, ook een mondelinge toezegging was bindend.

Beneden sloeg de klok twaalf uur. Daarna hoorde ik hem elk uur slaan, tot het vijf uur was. Toen pas viel ik in slaap.

❧

Ik werd wakker door het zingen van Cora, het koeren van de houtduiven en het gekreun van Thijs die overeind probeerde te komen, wat niet ging. Ik deed de gordijnen open en zag dat Cora een wit kleed over de tuintafel legde, het bolde op als een zeil.

Ik hielp Thijs met wassen en aankleden en sloeg het beddengoed terug. Ik was nog een beetje duizelig van de korte nacht, wat niet onprettig was. Alles was een tikje onwezenlijk, alsof ik in een droom of een sterreclame terechtgekomen was. Zelfs Ab liep te fluiten.

Cora bakte kleine, sponzige pannenkoekjes, die ze maakte met karnemelk en bakpoeder. Thijs at er drie.

Ik bood aan de boel af te ruimen, maar Cora zei

dat ik eruitzag als een lijk en in de zon moest gaan liggen. Zij zou alles doen. 'En daarna gaan Ab en ik naar het dorp om koffie te drinken, boodschappen te doen en rond te kijken.'

'Ik ga geen schattige kerkjes en leuke winkeltjes in,' zei Ab defensief.

'Dan ga je maar buiten op de stoep zitten.'

Even later vertrokken ze en stilte daalde op ons neer. Thijs lag te lezen in zijn ligstoel. Ik ging in het gras liggen, met mijn blote voeten in de zon en mijn gezicht in de schaduw. Het onophoudelijk koeren van de duiven en het ruisen van de bomen bracht me in een wonderlijke halfslaap en ik zag ons weer door het Bloemendaalse bos rennen: Anne, Fiep, Cora en ik. Onze moeders dronken koffie in de huiskamer en vergaten ons.

We speelden dat onze ouders dood waren en wij weeskinderen die zonder eten door het bos dwaalden, op de vlucht voor de vreselijke Mina, die ons sloeg en afbeulde. We kochten van ons zakgeld dropveters en kaneelstokken, die aten we op in onze hut, om te overleven. Eenmaal brak er een zwaar onweer los en we renden gillend naar huis waar onze moeders nog immer koffiedronken en praatten, heel ernstig, de hoofden naar elkaar toe gebogen.

En toen die laatste avond, voordat de Lanssens naar Voorden vertrokken. In de tuin hingen slingers met lichtjes, het was op een warme avond in de lente, we hoorden de grote mensen lachen en zingen. Het huis lag vlak achter de spoorbaan. In de grote storm van 1974 was er een iep omgewaaid, over de sloot. Je kon eroverheen lopen en dan kwam je op het talud.

We legden een cent op de rails en keken hoe de trein eroverheen reed. Daarna was hij dun en plat. We wilden er een hanger van maken en hielden een priem in een gasvlam om er een gaatje in te boren, wat niet lukte.

De grote mensen werden steeds vrolijker. Oom Friso ging op zijn hoofd staan. Hij viel een beetje, maar niet erg. Daarna vertelde hij over zijn grootvader die naakt worteltjes verbouwde, over het batikken en de glas-in-loodramen. Tante Lidewij en mijn moeder lachten zo hard dat ze in het gras vielen en 'Hou op! Hou op!' piepten.

Wij renden weg en klommen weer op de boom. Met een naald prikten we in onze vinger. We moesten elkaar eeuwige trouw zweren met bloed. Anne had een verklaring geschreven en wij zetten onze namen eronder met een pen en maakten een veeg met bloed, want we hadden niet genoeg om onze hele naam ermee te schrijven.

En toen waren de Lanssens weg. Maar aan het einde van de zomer mochten we komen logeren. Cora en ik gingen samen, met de trein en de bus. Fiep en Anne stonden ons op te wachten bij de halte. We liepen het hele eind langs de vliet en kwamen aan bij Groenlust. In de hal stonden scheve torens van vochtige verhuisdozen. Het was er koud, donker en overal rook het naar schimmel. Er was een kolenhok, een kelder in een kelder met daarin weer een luik met een ring. Een zolder met kisten vol oude kleren.

We trokken de kleren aan en voerden *De Lorrenkoningin* op, een door mij geschreven toneelstuk op rijm. In het dorp hingen we aanplakbiljetten op, maar er kwam niemand. Het had geregend die nacht, misschien was het plakband losgegaan. Op de laatste dag kregen we een mooi blikken sigarendoosje van oom Friso om onze geheime verklaring van het bloedzusterschap in te bewaren. We vergaderden lang in het kolenhok en besloten dat het 't veiligst was om het doosje in het bos te verstoppen.

We namen ons voor om veel geld te verdienen met auto's wassen en bollen pellen voor onze club voor de zielige dieren en zoveel mogelijk dierenplaatjes uit te knippen voor ons plakboek. Ik zou een nieuw toneelstuk schrijven dat we in de kerstvakantie konden opvoeren. Dan moesten we beter plakband voor de aanplakbiljetten gebruiken. Anne had heel goed plakband in een winkel in het dorp gezien. Het was wel duur, maar met het stuk zouden we veel geld verdienen, dus we konden het lenen uit de geheime portemonnee van de club voor de zielige dieren.

In de herfst werden we met het hele gezin uitgenodigd in Voorden. We gingen met z'n allen appels plukken in de boomgaard. Mijn vader viel van een ladder en tante Lidewij moest vreselijk lachen, tot ze zag dat hij een bloedende wond op zijn voorhoofd had. Tijdens het avondeten ging het over politiek, over gelden van pensioenfondsen waarmee op onverantwoorde wijze gespeculeerd was door rijke kerels. Mijn vader was zeer fel, oom Friso ging ertegenin en mijn moeder en tante Lidewij lachten telkens zenuwachtig en probeerden vergeefs het gesprek een andere richting op te krijgen. Ik keek zo nu en dan met opgetrokken wenkbrauwen naar Cora, Anne en Fiep en gebaarde met mijn hoofd naar de deur. Alleen Fiep schoof haar stoel naar achteren. Cora en Anne wilden de discussie volgen. Zij zaten nu op de middelbare school en begonnen al een beetje bij de grote mensen te horen.

Weer thuis in Haarlem ging ik verder aan mijn nieuwe stuk. Ik typte het met carbonpapier op mijn vaders typmachine, onderstreepte met gekleurde viltstiften ieders tekst en stuurde twee doorslagen naar Anne en Fiep.

Er kwam geen antwoord. Ik dacht dat de dikke envelop misschien was weggeraakt in de post en schreef een ongeruste brief. Pas na weken kreeg ik antwoord van Anne. Ze schreef over de neutronenbom, die de gebouwen liet staan maar de mensen doodde, en stuurde een lijst mee waarop klasgenoten hun namen hadden geschreven. Wij moesten onze namen daaronder schrijven en de lijst terugsturen. Over mijn toneelstuk zei ze niets. De lijst stond vol namen die ik niet kende.

Het was voorbij. We schreven elkaar niet meer.

Jaren later hoorden we via via dat Friso Lanssen verdwenen was. Ik dacht aan het blikken doosje met onze namen dat nog ergens in het bos moest liggen.

❧

Pas aan het einde van de middag kwamen Ab en Cora weer thuis. Thijs en ik hadden nog wat geoefend met lopen; stijfgearmd hadden we een rondje door de tuin geschuifeld. Thijs wees me op het verschil tussen handjesgras en zacht vingergras. We zagen atalanta's, citroenvlinders en zelfs een gehakkelde aurelia. Cora en ik waren goed in vlinders omdat we vroeger vaak het vlinderkwartet gespeeld hadden met mijn ouders.

'Het leven is eigenlijk voorbij als je niet meer kunt spelen,' zei ik tegen Cora.

'Voor jou misschien. Moet je zien wat een leuke onderzetters ik heb gekocht.'

'Maar jij speelt ook nog altijd. Jij en ik hebben ons beroep gemaakt van spelen. Je zou zelfs kunnen zeggen dat Fiep ook speelt, dat dit hele boswachtershuisje één groot poppenhuis is. Ik vraag me af wat Anne doet. Ze ziet er zo ernstig uit.'

'Vroeger was Anne juist Eenus,' zei Cora. 'Omdat ze de baas was.'

'Nee, ik was Eenus. Weet jij overigens nog waar we dat blikken doosje met onze bloedzusterverklaring hadden verstopt?'

'Dat was geen blikken doosje, dat was een schelp. Die hebben we in het hok onder de kelder verstopt, waar we altijd vergaderden. Jouw bloed zat er trouwens niet op, want jij durfde niet in je vinger te prikken.'

'Die is goed!' riep ik verontwaardigd. 'Jij durfde juist niet in je vinger te prikken!'

We besloten het aan Anne en Fiep te vragen.

De tweede nacht sliep ik beter, al schrok ik wakker bij elk geluidje van Thijs. Maar dat was al weken zo, meestal sliep ik dan direct weer in. De volgende dag werden we opnieuw gewekt door het koeren van de duiven en het zingen van mijn zuster. Net als gisteren zat een manke merel op de tuinstoel, alsof hij al wist dat Cora hem stukjes pannenkoek zou gaan voeren. Mussen spetterden in het vogelbadje.

Opeens dook er een man op uit het struikgewas, hij liep dwars over het gazon, knikte ons toe, ging met zijn rug tegen de beuk zitten, op nog geen tien meter van ons af, en haalde een camera uit zijn tas.

Verbaasd keken we elkaar aan.

Ab legde zijn servet neer en stond op. 'Pardon. Mag ik vragen wat u aan het doen bent?'

'Wat stom! Wat stom van me! Ik moet me even voorstellen! Ik ben Koos! Jee, wat stom. Net weer iets voor mij! Ik ben Koos.'

'Dag, Koos,' zei Ab.

We stelden ons allemaal voor.

'Koos,' zei hij, ons de hand schuddend. 'Koos. Jee, dat ziet er lekker uit.'

'Wil je ook een pannenkoekje?' vroeg Cora.

'En wat was je daar precies aan het doen, Koos?' vroeg Ab.

Koos' leeftijd was moeilijk te schatten, zijn gezicht was rond en glad, er lag een kinderlijke blik in zijn helderblauwe ogen, maar er schemerde al wat grijs door zijn blonde krullen.

'Wat ik aan het doen ben? Ja, natuurlijk! Daar zit een groene specht. Je kunt hem alleen tussen negen en elf goed fotograferen, vanwege het licht. En dan moet hij maar net thuis zijn. Onder die berk is een mierennest, daar komt hij vaak op af.'

'Een groene specht?' riep ik. 'Die heb ik nog nooit goed kunnen zien!'

'Lieverd, die heb je heel goed gezien, in de Haarlemmer Hout,' zei Thijs.

'Toen wist ik nog niet wat ik zag. Toen wist ik nog te weinig van vogels. Waar zit hij precies, Koos?'

'Als je daar kijkt... Je gaat langs de stam omhoog, dan krijg je die grote tak links, die neem je niet, nou ja, ik weet niet of ik het goed uitleg, en dan zie je zo'n soort...'

'Vork,' hielp ik.

'En daarboven... daar zie je zo'n gaatje. Daar zit hij.'

'Oma had toch ook een specht in de tuin?' vroeg Cora.

'Dat was een grote bonte. Die zie je overal. De kleine is erg zeldzaam. De middelste zie je al helemaal nooit. De groene komt eigenlijk best veel voor, maar hij is erg schuw, je ziet hem nooit. Je hoort hem vaak lachen.'

'Alsof hij je uitlacht,' zei Koos. 'Hij lacht me ook echt uit. Vaak kom ik hier, dan zie ik aan de sporen dat hij weer in dat mierennest heeft zitten wroeten. Dan ga ik daar zitten, op mijn vaste plek en dan wacht ik. Dan zit hij me boven in de boom uit te lachen. En wat doen jullie hier?'

'Wij wonen hier,' zei Ab.

'O, ha ha!' Koos sloeg dubbel van het lachen.

'Kopje koffie, Koos?' vroeg Cora.

'Nou, graag! En mag ik dan ook zo'n pannenkoekje? Blijven jullie hier voor altijd?'

'Alleen deze zomer,' zei ik.

En zo voegde deze Papageno zich in ons ecosysteem en kwam, net als de manke merel, elke dag van de pannenkoeken mee-eten, al waren het voor hem geen kruimels maar stapels.

Het huis in Haarlem, het boren en breken, Wijnand en de taxus, na drie dagen bestond dat alles niet meer. Dit was het leven zoals het wezen moest. De zon ging op, straalde de hele dag en smolt 's avonds weg in een gloeiende oranje streep. Soms waren de tegels nat als we 's ochtends de deuren openzetten, dan had het even geregend, net genoeg om het gras groen te houden.

Ab werkte mompelend aan zijn rapport, moest soms naar een vergadering en kwam dan tegen vijven, zijn stropdas lostrekkend, 'Bier! Bier!' roepend weer de tuin in.

Cora deed zingend het huishouden, schreef aan haar Sinterklaasopera en las ons de nieuwe stukken voor.

Thijs lag onder de lindeboom en keek omhoog naar de puttertjes die in hun rood met gele feestpakjes als confetti ronddwarrelden. Op een avond begon hij te betogen dat kabouters nooit bestaan hadden. Hij was zichtbaar tevreden met zichzelf en nam zelfs een glas wijn.

Koos kwam 's middags langs om Thijs zijn vogelfoto's te laten zien.

'Hij is lid van de scientology-kerk,' zei Thijs bij het

eten. 'Wat een oplichters. Hij heeft voor vijfduizend euro boeken van ze moeten kopen. Die jongen leeft van een arbeidsongeschiktheidsuitkering, wat zou dat nou helemaal zijn?'

'Hooguit duizend piek per maand,' zei ik.

'En hij mag niet eens diensten bijwonen omdat hij slaappillen gebruikt en dus niet "schoon" is. Dat zo'n begaafde vent als Koos niet begrijpt dat een kerk die geld vraagt per definitie wordt gedreven door een stel oplichters!'

'Ik denk dat hij erin gelooft omdát ze geld vragen,' zei Ab. 'Als het gratis was, zou Koos denken dat het onmogelijk iets kon voorstellen.'

Ik hield van Thijs omdat hij Koos 'een begaafde vent' vond.

Pas na dagen vond ik de moed om naar mijn tuin te gaan. Elke keer als ik aan Govert en dokter Zeelenburg dacht, schaamde ik me diep.

'Typisch slachtoffergedrag,' zei Cora.

'Precies,' zei Thijs. 'Zíj zouden zich moeten schamen.'

'Ze slaan zich op de dijen van pret als ze me zien aankomen,' zei ik somber.

'Ik heb nog nooit iemand gezien die zich op de dijen slaat van pret.' Thijs vatte woorden altijd erg letterlijk op.

'Onze vader deed dat,' zei Cora. 'Jammer dat je die

niet gekend hebt. Juut, ik zou maar gewoon door de zure appel heen bijten en gaan tuinieren. Ik zou het trouwens erg leuk vinden om een hele zomer te koken met de oogst uit eigen tuin.'

En zo liep ik door het bos naar mijn tuin. Even overwoog ik de lange weg achterlangs het grote huis te nemen, zodat ik niet langs dokter Zeelenburg hoefde, maar nee, dan stelde ik het alleen uit.

Welbeschouwd was het een stukje van niks. Toen ik langs de met takkenhagen omheinde tuin liep, ging het deurtje open en keek ik recht in het gezicht van de kleine, magere man met wie ik de eerste dag op de brug over het ware licht gesproken had en die zich zo opwond over de paus.

'Hallo,' zei hij.

'Al gewend aan het ware licht?'

Hij lachte. 'Nee. Ik blijf me verbazen. Het is een godswonder. Al geloof ik niet in God.'

'Ik heb toch nog een tuin gehuurd. Wij verblijven deze zomer in het boswachtershuisje.'

'Dan zal ik me maar voorstellen.' Thieu stak zijn hand uit. 'Thieu. De t van tevergeefs, de h van helaas, de i van impasse, de e van eigenwijs en de u van uitvreter.'

'Judith. De j van jewelste, de u van utopia, de d van droom, de i van idee, de t van toenadering en de h van hallo.'

Thieu keek waarderend. Ik stond er zelf ook van te kijken.

'Heeft u deze takkenwallen helemaal zelf gemaakt?' vroeg ik.

'Elke dag een tak. Na een halve eeuw heb je een muur.'

'En wat ligt er achter de muur?'

'Het paradijs.' Hij stapte zijn tuin in. Ik volgde. De tuin was een wildernis van gras en bloemen.

'Ik verbouw niks,' zei Thieu. 'Ik zaai niet en ik oogst niet. Het moet vanzelf komen en anders komt het maar niet. Ik zeis zo nu en dan. Ik raap de kastanjes en die pof ik.' Hij klapte een stoeltje uit. 'Hier zit ik. En aan het eind van de dag loop ik weer naar huis. Tien kilometer. Ik heb één keer in mijn leven op een fiets gezeten. Ik viel. Dus dat was meteen de laatste keer. Dat was in 1947. Ik heb een keer gesolliciteerd bij de schouwburg want ik hield van toneel. Ik werd aangenomen, het was allemaal in kannen en kruiken, maar op het laatste moment ging de baan naar het neefje van de directeur. Ik werd zo razend, ik heb een uitkering aangevraagd en nooit meer een dag gewerkt. Ik ben er niet trots op. Maar zo is het gelopen. Ik was blij dat ik 65 werd. Kon ik zeggen dat ik met pensioen was.'

'Niet bewegen,' zei ik, op conversatietoon, 'gewoon doorpraten. Blauwborst links van de ingang.'

Thieu zat doodstil. 'Blauwborst?'

'Honderd procent zeker. Nu heel langzaam omdraaien. Ik praat gewoon door. La la la. Wat een mooi weer zeg. Heerlijk zitten we hier. Hij neemt nu een klein sprongetje. Nu zit hij rechts van het deurtje. Precies in de zon. Je kunt je beter naar de andere kant draaien. Nu zit hij zijn veren te poetsen. Witte ster, blauwe borst. Volwassen mannetje in zomerkleed.'

Uiterst langzaam draaide Thieu zich om. Zijn bril besloeg. 'Een blauwborst. Daar zit hij. Mijn eerste. Nondeju. O sorry.' Hij begon zijn bril te poetsen en zette hem weer op.

De blauwborst keek nog wat om zich heen, trok een pootje op, strekte een vleugel en vloog weg.

'Nondeju,' zei Thieu met een diepe zucht.

'Ze zullen hier toch wel vaker voorkomen,' zei ik verwonderd. 'Dit is echt blauwborstengebied.'

'Ik wil bier. God, wat een dag.' Hij sprong op, pakte zijn oude versleten rugzak en haalde er een gebarsten beker en een blikje bier uit. 'Jij mag de beker. Nondeju. Hij komt vast terug, nu ik weet dat hij er is.'

Zorgvuldig schonk hij een half bekertje schuimloos bier in en reikte het me aan.

'Op het licht en het blauw,' zei ik. We proostten.

Thieu lachte. Hij had eigenlijk een leuk gezicht. Als hij in 1947 op een fiets gezeten had, hoe oud was hij dan nu?

'Kende jij Friso Lanssen?' vroeg ik.

'Die klootzak!' Thieu lachte kwaad. 'Die lul, met zijn pijp. Mijn vader rookte pijp en dat was ook al zo'n schoft. Altijd maar slaan. "Mietje, mietje!" riep hij tegen mijn broer. En dan sloeg hij hem verrot. Mijn broer wás ook een mietje. Nou en? Vanaf mijn veertiende ben ik mijn vader terug gaan slaan. Eindeloos knokken.' Hij lachte, balde zijn vuisten en maakte boksbewegingen. 'Als ik er niet was geweest had hij mijn broer doodgeslagen. Afijn, ik heb hem uiteindelijk niet kunnen redden. Mijn broer was schizofreen. Hij is in 1990 van de Waalbrug gestapt. Zijn fiets lag bij de reling. Het duurde weken voor hij aanspoelde.

Het was eigenlijk een opluchting. Maar zodra hij vermist werd, ging ik dingen zien die niet klopten. Er liepen mensen door mijn huis die er niet waren. Ik probeerde ze weg te jagen. Ik zette de voordeur open en stond te schreeuwen en te vechten' – hij maakte boksende bewegingen – 'tegen niks. Tegen lucht. Ik durfde niet meer alleen te zijn. Ik dacht dat ik gek werd. Net als mijn broer.'

Hij trok zijn schoenen uit en bewoog zijn tenen.

Een houtduif streek neer op de takkenhaag. Die ril zat waarschijnlijk barstensvol oude nesten.

'Twee tuinen verderop zit een dokter, dokter Zeelenburg.'

Ik knikte. 'We hebben kennisgemaakt.'

'In die tijd zat ik hier elke ochtend al om zes uur in het gras te wachten tot dokter Zeelenburg het hek kwam opendoen. We hadden toen nog niet allemaal een eigen sleutel. Rook je?'

'Soms.'

'Ik mag er elke dag twee van mezelf. Daarna ga ik over op pepermunt.'

Hij haalde twee dunne sjekkies en een pakje lucifers uit zijn tas. We rookten.

'Dokter Zeelenburg vroeg wat er aan de hand was. Ik zei dat mijn broer vermist was en dat mijn huis vol spoken zat. Dokter Zeelenburg gaf me vitamine B12 en de sleutel van zijn bunker. Je moet maar eens kijken, dokter Zeelenburg heeft onder de grond…'

'Ja, daar ben ik al geweest,' onderbrak ik hem. Dat voortdurende 'dokter' hinderde me een beetje.

'Dokter Zeelenburg voorspelde dat de spoken pas zouden weggaan als mijn broer begraven was. Tot die tijd mocht ik in zijn bunker slapen. Niemand wist het. Het was verboden na zonsondergang op de tuin te zijn.'

'Wat zal het hier donker zijn geweest,' zei ik.

'Totale duisternis! En toch was ik hier niet bang. Overal was geluid. De wind door de bomen... Uilen, gescharrel door de bladeren. En er was licht van de maan en de sterren, al was ik in die tijd zo blind als een mol. 's Ochtends ging ik naar mijn eigen tuin, voordat dokter Zeelenburg kwam. Zo woonde ik hier. Na een paar weken spoelde mijn broer aan. Ik heb hem moeten identificeren. Daarna heb ik zijn huis opgeruimd. Mijn broer verzamelde kranten en daar had hij muren mee gebouwd. Een heel labyrint was het.'

Net als jij met je takkenhagen, dacht ik.

'Denk nou niet dat het in de familie zit... Trouwens, dat mag je best denken. Denk vooral wat je wilt. Maar bij mij was het gauw voorbij. Dokter Zeelenburg is naar de begrafenis gekomen en daarna zijn we samen naar mijn huis gegaan. Ik moest alle ramen openzetten, en toen heeft hij wierook gebrand en is hij zingend en met zwaaiende handen het huis door gegaan.' Hij schoot in de lach. 'Ik geloofde er niet in, maar het hielp wel. Ik heb nooit meer een geest gezien.'

Even later liep ik over het pad. Ik floot. Nog geen elf uur en ik had al shag gerookt en bier gedronken. Ik had het gevoel dat ik de hele wereld aankon en stapte zonder een moment te aarzelen de tuin van dokter Zeelenburg op. 'Goedemorgen! Ik kom mijn tuin weer opzeggen.'

Dokter Zeelenburg keek me aan met een lachje. 'Bevalt de tuin u niet?'

'Kan het mondeling, of moet het per brief?'

'Uiterlijk twee maanden voor het begin van het nieuwe jaar per handgeschreven brief. Als ik vragen mag: bent u familie van de Lanssens?'

'Geen bloedbanden. Maar we kennen elkaar van vroeger.'

Hij knikte peinzend. 'De takken groeien ineen en gaan dan weer hun eigen weg. Toch blijft er een afdruk op moleculair niveau. Niemand is ooit werkelijk verdwenen.'

'Bedoelt u oom Friso?' vroeg ik bot. Ik had me heilig voorgenomen me nooit meer door dokter Zeelenburg te laten inpakken.

Hij leek een moment verrast. 'Nee,' zei hij ten slotte. 'Nee, die bedoelde ik eigenlijk niet.'

'We zien elkaar wel weer.' Ik liep door. De volgende keer kon ik beter via de andere kant naar mijn tuin gaan, anders moest ik elke dag langs dokter Zeelenburg.

Govert stond weer in zijn graf. Toen hij me zag, klom hij eruit.

'Waar bleef je nou? Ik had alles voor je klaargezet!' Hij veegde zijn haar in een routinegebaar over zijn bezwete schedel en keek me nijdig aan. 'Bonen, courgettes, sla... Ja, ik ga het niet voor je in de grond zetten als je dat soms dacht.'

Inderdaad stond er een hele batterij plantjes op het pad tussen onze tuinen, alsof hij geen voet op mijn grond had willen zetten.

'Sorry. Ik had niet begrepen...'

'Maakt niet uit. Je bent er. Als je meer wilt hebben vraag je het gewoon. Daar heb ik mijn gereedschap.' Op zijn tuin stonden drie lange kisten, even lang en breed als doodskisten, maar dan hoger. 'Grashark, afkanter, schoffel... Daar het kleine spul... Je pakt maar wat je nodig hebt. Als je het maar weer schoon teruglegt.'

'Wat aardig van je.'

'Dat is niet aardig,' zei hij gepikeerd, alsof ik hem ergens van beschuldigde. 'Dat is zoals we dat hier doen. Je mag altijd alles van iedereen pakken, als je het maar weer schoon teruglegt. Dat staat in het reglement. Geen gif, geen hekken om de tuin, geen sloten op de kisten.'

'En Thieu dan achter zijn Berlijnse muur?'

'Thieu! Uitzonderingen heb je altijd. Dat hou je. Daar doe je niks aan. Kenny... Heb je Kenny al ontmoet? Nee? Kenny van tuin 4 heeft een ketting met een slot op zijn kist. Je zegt er een keer wat van, je zegt er nog een keer wat van en daarna laat je het. Ik ga er verdomme geen ruzie om maken.'

'Dus alles is van iedereen?'

'Alsjeblieft zeg! Kijk, hier staat een "Z". Dat ben ik. Zwanet begint ook met een Z, maar die heeft een zwaantje.'

'Wacht even, wie is nou weer Zwanet?'

'Zwanet is tuin 6. Naast het pad. Ziet eruit als een man, maar het is een vrouw. Ja, maakt niet uit, dat moet iedereen zelf weten.'

Al spoedig ontdekte ik dat Govert om de andere zin 'maakt niet uit' zei en 'dat moet iedereen zelf weten', en toch intussen zeer strikte ideeën had over tuinieren. Er was eigenlijk maar één goede manier en dat was de zijne. Hij slaakte zo'n lociende kreet toen hij zag hoe ik mijn slabonen had geplant, dat ik vooroverviel van schrik.

'Wat doe je nou?'

'God man, ik schrik me dood! Ik zet bonen in de grond.'

'Haal er maar weer uit. Alles eruit! Ik kom eraan!' Net als mijn moeder vroeger, liep Govert altijd weg onder de kreet: 'Ik kom eraan!'

Ik keek naar mijn bonenplantjes en begreep niet wat ik verkeerd had gedaan. Daar was Govert alweer, met stokjes, touw en een lange lat.

'Dat haal je allemaal weg... kijk, zo. Stokslabonen hebben geen gaas nodig. Vervolgens span je een touwtje, precies, heel goed... En dan leg je de lat neer. Kijk, telkens tien centimeter aangegeven met rood en vijftien met blauw. We zetten vijf lijnen af. In het midden vijfendertig centimeter openhouden. Dan twee rijen op vijftien centimeter... zie je? Dan zit je precies aan de negentig centimeter van je bed.'

Vlug en handig spande hij de touwtjes, legde de lat ernaast, maakte gaatjes met de pootstok en liet de plantjes erin zakken. Het waren mooie, stevige plantjes.

'Ik heb dit ook pas laat geleerd.' Het leek of Govert inviel dat hij weer iets geruststellends moest zeggen. 'In een boekje van de groenboekerij. Het enige boek waar ik ooit wat van geleerd heb.'

'Ik ben diep onder de indruk.'

'Je hoeft me niet uit te lachen,' vloog hij op.

Nadenkend keek ik hem aan. Les twee van mijn schrijfcursus gaat over het personage. Met koeienletters schrijf ik dan op het bord: Grote Wil en Grote Angst. Govert en ik deelden dezelfde Grote Angst: uitgelachen te worden. En wat was onze Grote Wil?

'Ik heb gehoord dat jullie hier op een dag weg moeten,' zei ik.

In eenzelfde ritme ging hij door: gaatje maken, plantje erin, aarde aandrukken. 'Ik kom hier al mijn hele leven en dat blijft zo.' Gaatje, plantje, aandrukken. Nieuwe rij. Touwtje, lat. Gaatje, plantje, aandrukken.

'Heb jij enig idee wat er met Friso Lanssen gebeurd is?'

Nu hing Goverts hand toch even stil in de lucht. 'Nee.' En verder ging hij weer.

'Wat vond jij van oom Friso?'

'Oom Friso! Toe maar! Familie soms? Je lijkt op Fiep, dat zag ik meteen al. Je praat ook zoals zij. Zeg jij ook "ijskast" in plaats van "koelkast"?'

'Geen familie, wel jeugdvriendinnen. Maar vertel eens, wat vond jij van oom Friso?'

Govert haalde zijn schouders op. 'Gewoon, zo'n rijke man. Met een hoed en een pijp. Bamboe neerzetten naast onze tuinen. Weet je hoelang ik daarmee bezig ben geweest? Ik heb met een bijl een geul moeten hakken door dat worteltapijt en rubberfolie ingegraven, een halve meter diep. Daarom loopt die geul daar ook nog, tussen jouw tuin en het bamboebos. Ik had Lanssen gewaarschuwd. Maar ja, vreselijk eigenwijs.'

'En verder?'

'Verder? Verder? Verder niks. Ja, hier praatjes komen maken. Met zijn paard door mijn wortelbed. Het paard wilde een worteltje. En Lanssen kon niet rijden. Dus hij zat wel een beetje aan een teugel te trekken, maar dat had totaal geen effect. Lanssen stapt af, recht mijn wortelbed in met zijn grote voeten, en pakt dat beest bij het bit. Hap! Vingertopje d'r af!' Govert grinnikte tevreden. 'Dat beest dacht zeker dat het een worteltje was. Toen heeft mevrouw Lanssen hem naar het ziekenhuis gereden. Dat vingertopje konden ze er niet meer aan zetten. Mevrouw Lanssen had het in een bakje met ijsblokjes gedaan. Ze had 'm juist in een plastic zakje in d'r je-weet-wel moeten stoppen. Kom nou, dat snap je toch wel? In haar binnenste!'

'In haar mond?'

'Ja, dat kan ook. Maar ik bedoel wat anders. Ha ha. Nou, laat maar zitten.'

Hoewel Anne en Fiep bijna elke dag wel even bij ons aankwamen, was er die eerste dagen geen gelegenheid voor het voeren van een langer gesprek. Tante Lidewij was erg lastig; zodra ze merkte dat de aandacht niet meer op haar was gevestigd begon ze te piepen en boze bewegingen met haar armen te maken, waarbij ze van alles omgooide. Eenmaal trapte ze zelfs het hele tafeltje om en kreeg Anne gloeiende thee over zich heen. Toen ik haastig met haar naar de keuken liep, zag ik dat ze blauwe plekken op haar arm had.

'Dat doet mijn moeder,' zei Anne. 'Als we haar 's avonds naar bed brengen wordt ze boos. Ze probeert me ook in mijn gezicht te knijpen, maar daar ben ik tegenwoordig op bedacht. En daarna gaat ze heel zielig huilen, dat is nog erger dan het knijpen en slaan.'

Nu begreep ik hoe het kwam dat de kleren van tante Lidewij vol vlekken zaten.

'Wij willen het liefst kleren met veel rood erin,' zei Anne, 'zodat ze er liters wijn over kan gooien. Maar zijzelf draagt het liefst effen wit en blauw en ze gaat klagen als we haar iets anders proberen aan te trekken. In het dorp zie ik de mensen weleens kijken. Ze denken vast dat we haar verwaarlozen.' Ze haalde haar schouders op.

Na een week was er gelegenheid om uitgebreid bij te praten. Anne en Fiep hadden oppas voor hun moeder kunnen regelen en natuurlijk nodigden we ze direct uit om bij ons in het boswachtershuisje te komen eten.

Cora vroeg of ik mijn succesnummer, chipolatapudding, kon maken. 'Ik zou het wel zelf willen doen, maar het lukt me niet. Ik heb het nu drie keer geprobeerd en elke keer is het blubber. Lekkere blubber, daar niet van. Dan staat er glashard: "Bind de eierdooiers door langzaam de warme melk toe te voegen". Maar het bindt nooit! En sinds ik er niet meer in geloof, sta ik zo woedend te roeren dat het volgens mij helemáál hopeloos is geworden.'

'O, dat is mij ook nooit gelukt. Dat bestaat niet. Dat is gewoon onzin uit kookboeken die elkaar napraten. Ik voeg altijd een theelepeltje maïzena toe. Het lastige is dat het dan even moet opkoken en dat mag dan weer niet met die eierdooiers, dus het blijft een waagstuk. Ik wil het wel doen, maar dan moet ik op tijd beginnen, want ik ben zeker een uur bezig en daarna moet de pudding nog minstens drie uur opstijven in de ijskast.'

Cora rekende op haar vingers. 'Dat moet lukken. Kun je nog worteltjes en peultjes van die Govert van jou krijgen? En die dokter heeft toch eetbare bloemen in zijn tuin? Ik wilde een hele vis in zoutkorst maken, op die mooie marmeren plaat. En daar wil ik dan een krans van eetbare bloemen omheen.'

Ik schoot in de lach. 'Als we bloemen gaan plukken bij dokter Zeelenburg zijn we allemaal kassiewijle vóór de chipolatapudding op tafel staat. Die man heeft een hoop gif in de tuin, waar je de hele provincie mee kunt ombrengen. Wat doen we trouwens met

Thijs? Stel dat er geen viswinkel in het dorp is en we moeten doorrijden naar de stad? Ik laat hem liever niet zo lang alleen.'

'Vraag hém,' zei Cora met een hoofdbeweging naar de tuin, waar Thijs en Koos samen geanimeerd over een vogelgids gebogen zaten.

Ik knikte. Het moest wel stiekem, want Thijs werd kwaad als ik oppas regelde.

Koos toonde zich bereid op onopvallende wijze een oogje in het zeil te houden en Cora en ik reden naar het dorp waar we een onwaarschijnlijke hoeveelheid boodschappen deden. Tot onze vreugde konden we twee flinke zeebaarzen krijgen.

Rozijnen, gelatine en marasquin voor de pudding, in het kleine dorpje was alles te koop wat we zochten. Cora wilde ook nog naar een rommelwinkeltje, wat ik haar niet kon weigeren, en daar vond ik tot mijn immense plezier tussen het keukengerei een tupperware puddingvorm. Opgetogen liet ik hem aan Cora zien. 'Er zit denk ik octrooi op deze vinding. Het is de enige vorm met een klepje bovenop, zodat de pudding, wanneer het klepje geopend wordt, vanzelf uit de vorm valt. Ik heb het bij geen enkele andere puddingvorm ooit gezien, terwijl het toch zo voor de hand ligt en eigenlijk onontbeerlijk is. Hè, wat een geweldig begin van de dag!'

''t Gaat beter met je,' zei Cora, die me tijdens mijn uiteenzetting strak over haar bril had aangekeken.

Toen we thuiskwamen schuifelde Thijs aan de arm van Koos door de tuin.

'Dank je wel, Koos. Ik neem het weer van je over.'

'Had je Koos gevraagd om op me te passen?' vroeg Thijs, toen Koos zich ver genoeg van ons verwijderd had. 'Wil je dat nóóit meer doen? Het is een geweldige kerel, maar hij heeft me de laatste anderhalf uur doorgezaagd over de scientology-kerk, ik ben uitgeput.'

'Sorry.' Ik hielp hem in zijn ligstoel en rende naar de keuken. Het was over twaalven. Ik werkte Cora de keuken uit en was een uur geconcentreerd bezig met eiwit, dooiers, slagroom en gelatine, die allemaal in aparte kommen bewerkt moesten worden. Om twee uur was de keuken een slagveld en stond de pudding in de ijskast. Ik waste af, ruimde op en dweilde mezelf de keuken uit.

Vlug kleedde ik me in mijn tuinplunje en liep, om dokter Zeelenburg te ontlopen, via de lange weg naar mijn tuin.

Tot mijn verbazing zag ik dat er iemand op mijn grond liep. En niet netjes over het pad, maar dwars door mijn bedden, diep wegzakkend in de losgemaakte aarde. Ik versnelde mijn pas. De man keek niet op of om. Waarschijnlijk was ik nauwelijks te zien tussen de bomen. Aan de rand van mijn tuin liet hij zich op zijn hurken zakken en zette een schaar in het bamboe. De schaar moest erg bot zijn, want hij wrikte en trok.

Ik liep op hem af. 'Pardon,' vroeg ik, 'wat bent u aan het doen?'

Hij keek op. Zijn magere gestalte had iets jongensachtigs, zijn sluike haar was nog helemaal zwart, maar aan de lijnen rond zijn ogen en het dunne vel in zijn hals te zien was hij waarschijnlijk een jaar of vijftig.

'Bamboe verzamelen,' zei hij. 'Bamboe is een schitterend product. In China maken ze steigers van bamboe. We zouden in Nederland veel meer met bamboe moeten doen. Ik draag een onderbroek van bamboe.' Hij trok zijn broek een paar centimeter naar beneden. Hij praatte zacht, keek me met zijn donkere, wijd opengesperde ogen indringend aan, voortdurend glimlachend, en sprak elk tweede woord uit alsof het schuingedrukt stond. Het had een hypnotiserende uitwerking waar ik, toen ik dertig jaar jonger was, van onder de indruk zou zijn geweest en die me nu juist tegenstond.

'U staat op mijn tuin. Ik zal me even voorstellen.'

Hij had de beleefdheid om overeind te komen. 'Kenny. Ik zit op tuin 4 en 5. Ik kweek planten voor ziekenhuizen.'

'Voor ziekenhuizen?' Dat was imposant, ik had hem misschien te snel beoordeeld. 'Wat verbouw je dan?'

'Loop maar mee.'

Hij ging me voor, de twee afgerukte bamboestengels als vredestakken in de hand. Hosanna. De leider en zijn discipel. Ik nam een paar snelle passen om naast hem te komen.

'Oude school.' Mijn metgezel wees op Govert die stond te spitten. 'Vechten tegen de grond in plaats van de grond het werk te laten doen.'

'Als je niks doet, eindig je met bramen en brandnetels,' zei ik.

Hij glimlachte. 'Niet niks doen. Samenwerken.'

Misschien verbouwde hij hennep, net als dokter Zeelenburg, en maakten ze wiet voor ziekenhuizen.

Of maakten ze dodelijke cocktails voor de vereniging Bond EUthanasie Legaal.

'Zit je naast dokter Zeelenburg?'

Hij glimlachte weer zo hinderlijk, gaf geen antwoord en liep onder een pergola door. Ik volgde hem en stond in een van de mooiste tuinen die ik ooit had gezien. Een paradijstuin, een Hof van Eden, met in het midden, hoe kon het anders, één enkele grote boom in een rond, glanzend groen grasperk. Verrast liep ik ernaartoe, met uitgestrekte hand. Wat een stam. Als van een honderdjarige. En dan zo gezond en de takken zo vol in het blad.

'Een saffraanpeer,' zei Kenny. 'Waarschijnlijk de laatst overgebleven saffraanpeer van Nederland. Nu wordt hij hier en daar in Nederland geherintroduceerd met stekken van deze boom. Het is een beroemdheid. Hij moet binnenkort gesnoeid worden.'

Ik trok een tak naar me toe en rook aan het blad. 'Hoe oud is hij?'

Kenny aarzelde. 'Tweehonderd jaar.'

Ik bekeek mijn metgezel met nieuwe ogen. Ik had hem beslist onderschat, met zijn gewichtige manier van doen en zijn roestige snoeischaar. De tuin was een openbaring. Groenten en bloemen waren op een wonderbaarlijke manier door elkaar gezet, niet in rijen, maar als in perken met grillige vormen. Artisjokken, kruisbessen en vergeetmenieten, alles door elkaar.

'Wat is dit?' Ik ging op mijn hurken zitten.

'Hemelkruid, geloof ik.'

'En wat is dit?'

Weer aarzelde hij. Waarschijnlijk plantte en zaaide hij volledig op zijn gevoel. Toch moest hij een enorme kennis hebben.

Zuchtend kwam ik overeind en sloeg de aarde van mijn knieën. 'En dan zit je naast zo'n woestenij.' Ik wees op de buurtuin. 'Heb je daar geen last van?' Automatisch begon ik mosterd en zevenblad uit te trekken.

'Niet uittrekken!' Kenny's stem klonk schril. 'Ik moet trouwens aan het werk.'

Toen ik terugliep naar mijn eigen tuin, viel me in dat hij me niet had verteld welke planten hij voor het ziekenhuis kweekte. Dat zou ik hem later vragen.

Bij Govert plukte ik wat rode, gele en oranje Oost-Indische kers, goudsbloemen, driekleurige viooltjes (die hun bloempjes direct sloten, zodat er weinig aan was) en de kleine, paarse bloempjes van de borage, het komkommerkruid. Ik nam ook wat blad van de Oost-Indische kers, erg mooi en met een plezierig pepersmaakje.

'Dit moet genoeg zijn,' zei ik tegen Govert. 'We gaan vis in zoutkorst maken. Twee flinke baarzen op een marmeren plaat. Anne en Fiep komen eten.'

Govert keek kritisch in mijn mandje en bracht me nog wat courgettebloemen. 'Kun je ook gewoon eten. Niks mee doen, gewoon in je mik steken. Hier... zeven bloemen.'

'We zijn met z'n zessen. Tante Lidewij komt niet mee.'

Govert knikte.'Dat weet ik. Loes past vanavond op. Loes! Die ken je toch wel? Van tuin 2!' Govert raakte steeds vreselijk ongeduldig als ik niet direct adequaat reageerde. De eerste dagen was ik daar erg zenuwachtig van geworden, maar nu schreeuwde ik gewoon terug. Ik zette mijn mand op de grond, pakte hem bij zijn schouders en riep, half kwaad, half lachend: 'Ik bedoel dat we slechts met z'n zessen zijn!'

Govert lachte ook, half geïrriteerd. 'Ja, nou en? Zes mensen, zeven bloemen, wat maakt het uit? Dan heb je een bloem extra! Die geef je maar aan Fiep!'

Ik pakte mijn mand weer op. 'Waarom aan Fiep? Is Fiep je lievelingetje?'

Hij zette een stap naar achteren. 'Wat is dat nou weer voor een belachelijke opmerking! Ga nou maar, anders zwemt die baars nog terug naar zee.'

Fiep en Anne hadden zich zo mooi aangekleed en opgemaakt dat Cora en ik ook nog even naar boven renden om ons te verkleden.

Thijs keek goedkeurend toen we de trap afkwamen.

'Jij kunt je ook wel wat opfleuren,' zei Cora tegen Ab. 'Zal ik die rode zijden stropdas met die gouden streepjes voor je halen?'

'Het dragen van een das gaat wel erg ten koste van mijn vakantiegevoel,' aarzelde hij.

'Niet doen! Niet doen!' riepen Anne en Fiep direct.

'Ik draag alleen een das bij uitvaarten,' zei Thijs, 'en

ik ruk hem af als de eerste schep aarde op de kist valt.'

'Maar toen je met de prinsessen danste droeg je toch een stropdas?' vroeg ik.

Daar werden Cora en Fiep erg opgewonden van. Prinsessen? Had Thijs met een prinses gedanst?

'Judith vertelt het verkeerd. Ik zat op dansles bij Kuyper, waar ook de prinsesjes dansles hadden gehad. Twee keer per jaar was er een bal, heel chic, in het Kurhaus. Dan moest je een pak en een das dragen. Ook werd ons van tevoren door mevrouw Kuyper op het hart gedrukt het knoopsgat op de revers met een tornmesje open te maken, opdat we daar een corsage konden dragen.'

'Hoe oud was je toen?' vroeg Anne.

'Dertien.'

'Toen wij dertien waren liepen we in spijkerbroeken, grote truien, los haar en klosschoenen rond.'

'Wat een fijne tijd was dat. Ik zuchtte. 'Zo was ik er het liefst mijn hele leven bij blijven lopen.'

Thijs keek kritisch. 'Dat doe je ook.'

'Niet vechten, jongens, leuk spelen!' Ab bekeek de wijnfles. 'Mooi wijntje. Uit eigen kelder?'

Cora zette brood en salade op de tafel buiten. Fiep morste meteen rode wijn op het hagelwitte kleed. Anne strooide zout erover.

'Geeft niet, zei ik. 'Cora is een kei met vlekken. Ze doet niets liever dan vlekken te lijf gaan met citroenzuur en wasbenzine.'

Mijn zus gaf me een waarderend knipoogje. 'Ja, dat is een van mijn favoriete tijdpasseringen. Als je me een plezier wilt doen, geef je me de kleren van je moeder met de allerergste vlekken. Kauwgom op fluweel, inkt op zijde, ik krijg het allemaal weg.'

Anne zweeg en Fiep zuchtte: 'Ja, het is moeilijk. Mammie, bedoel ik. Jullie hebben geen idee hoe heerlijk het is er een avondje tussenuit te kunnen.'

'Eigenlijk is jullie moeder toch nog helemaal niet zo oud?' zei ik voorzichtig.

Fiep lachte luid. 'Kom, dit is wel de avond om eens te praten over alles waarover we het anders niet kunnen hebben. Laten we elkaar vertellen hoe het ons vergaan is sinds het appelweekeind, toen we onze bloedzusterschap in de tuin verstopten. Zal ik beginnen? Ab, wil jij me dan nog eens bijschenken? Ik ben van plan om helemaal los te gaan vanavond.'

Fieps verhaal was niet opzienbarend. Ze had het atheneum keurig in zes jaar voltooid, met zessen en zevens. Daarna was ze via een uitwisselingsproject van de Rotaryclub een jaar naar Amerika geweest. Weer thuis had ze zich viermaal ingeschreven voor de School voor de Journalistiek en was ze viermaal uitgeloot. Ze was communicatiewetenschappen gaan studeren in Amsterdam en ging trainingen geven. Ze kreeg een vriend, raakte in verwachting, kreeg een dochter, vertrok bij haar vriend en trok weer in bij haar ouders. Ze gaf nog altijd trainingen en daarmee verdiende ze een heel behoorlijke boterham.

Haar dochter Noa was naar dezelfde middelbare school gegaan, had de opleiding ook weer in zes jaar met zessen en zevens afgerond en was nu professioneel rugbyspeelster in Nieuw-Zeeland.

Door de mysterieuze verdwijning van oom Friso en de grote financiële problemen die daarop waren gevolgd, was er eigenlijk nooit meer sprake van geweest dat Fiep nog weg zou kunnen uit Groenlust, en nu zou ze niet anders meer willen.

Tante Lidewij was al wat wazig geworden na de verdwijning van haar man en toen ze kort daarop aan haar voet geopereerd moest worden, was ze niet goed uit de narcose gekomen. Anne en Fiep hadden diverse verzorgingstehuizen geprobeerd, maar daar was moeder zo wanhopig en ongelukkig geworden dat ze haar ten einde raad weer in huis genomen hadden.

'Dat viel namelijk samen met het moment dat Anne ook weer thuis kwam wonen,' zei Fiep. 'Hè hè, dat was mijn verhaal. Nog vragen?'

'De vader van Noa?' vroeg Ab.

Fiep maakte een gebaar of ze een vlieg wegsloeg. 'Een roeier. Niet interessant. Geen contact meer mee.'

'Nog andere mannen?'

Dat was echt Ab. Ik had de indruk dat hij Fiep nogal leuk vond.

'Nee.'

'Onvoorstelbaar.'

Ja, Ab was duidelijk van haar gecharmeerd.

'Dus je werd kasteelvrouwe,' zei ik. 'En je wilde nog wel ontdekkingsreizigster worden.'

'Een mens ontdekt het meest als hij op zijn kont blijft zitten,' zei Thijs. 'Denk maar aan de legende van de Japanse steenhouwer.'

'Nou, ik ben blij dat jij weer op de been bent en ik niet meer op een luchtbed hoef te slapen,' zei ik.

Toen was het tijd voor onze baarzen. Ik liep met Cora mee om de vis uit de oven te halen. De zoutkorst was prachtig lichtbruin geworden. De marmeren plaat zou gauw afkoelen, toch was ik bang dat de bloemen zouden verflensen. Vlug maakte ik een krans van grote slabladeren om de zoutheuvels en daarop legde ik de bloemen.

Cora maakte in een platte schaal een rand van de bladeren van de Oost-Indische kers, stortte de bietjes erin en tikte er met een pollepel de donkerrode pitten uit de granaatappel overheen. Her en der staken we nog wat bloemen in de schalen met krieltjes en worteltjes, en na enkele malen heen en weer lopen stond alles op tafel en konden we de bewonderende uitroepen gracieus in ontvangst nemen.

Toen vertelde Anne haar verhaal.

'Mijn geschiedenis is nogal zonderling,' begon ze, niet zonder aarzeling. 'Ik praat er eigenlijk nooit meer over, omdat ik er geheid last van krijg. Maar ik neem vannacht wat extra slaapmedicatie in.'

'Nou, Anne!' Ik schrok.

'Nee, het is goed. Ik wil dat jullie weten wat er gebeurd is.'

'Mag ik even, Anne?' vroeg Fiep. 'Anne en ik hebben het hier van tevoren over gehad. Uit ervaring weten we dat het 't beste is dat Anne het verhaal één keer helemaal op haar eigen manier vertelt, en dat we er daarna niet al te lang over moeten doorpraten. Zeg ik het goed, An?'

Anne knikte. Ze zag er heel kalm uit.

'Ik deed het gymnasium en haalde het eindexamen met louter negens en tienen. Iedereen vroeg zich af wat ik zou gaan studeren. Ik had eigenlijk geen idee, maar dacht aan wiskunde. Mijn moeder vond wiskunde geen goede studie voor een meisje. Ze zei dat ik dan later alleen wiskundelerares kon worden, met een knot en een bril, en nooit een man zou krijgen. Ze ging met mij naar pater decaan.'

'Sorry, ik ben wat hardhorend,' zei Thijs. 'Ik hoor je nu zeggen: "pater decaan".'

'Ja, dat zei ik ook. Wij zaten op een katholieke school. Er liepen toen nog heel wat paters rond. Wij dus naar pater decaan en die vond wiskunde ook een heel slechte keuze. "Anne, jij bent zó intelligent," was zijn reactie. "Jij moet een studie doen waarbij je heel veel moet leren. Anders raak je verveeld. Je moet biologie gaan studeren."'

'Pater decaan was zelf biologieleraar,' zei Fiep, die een bloem in haar mond stak.

'Mijn moeder was erg enthousiast over dat idee. Ze zag me waarschijnlijk al met allemaal leuke jongens door de wei lopen om bloemen te plukken. En als ik dan eenmaal was getrouwd kon ik leuk bloemschikken of bloemen tekenen.'

'Ja, verrek, jij kon zo prachtig tekenen!' riep ik.

'Maar was je moeder echt zo ouderwets?' vroeg Thijs. 'We hebben het nu toch over de jaren tachtig?'

'Ze was gewoon zelf gek op mannen,' zei Anne simpel. 'Ze kon zich een leven zonder mannen niet voorstellen.'

Fiep pakte een courgettebloem van de schaal. 'Ze begreep ook nooit iets van mij. Kun je deze bloem eten?'

'Ach, dat had ik direct moeten zeggen,' zei ik. 'Dat zijn courgettebloemen en die kun je zeker eten. Jij mag er zelfs twee. Orders van Govert.'

'Govert!' riep Fiep.

'Ja, maar nu was ik aan het woord,' zei Anne. 'Waar was ik?'

'Biologie studeren,' hielp ik.

'Ik zocht een kamer in Amsterdam en schreef me in voor de studie biologie. Het bleek al snel dat dit de allerslechtste studie was die ik had kunnen kiezen. Het vergde namelijk nauwelijks intelligentie en vreselijk veel stampwerk. Al die bloemen en plantenfamilies... Op het gymnasium had ik het stampwerk altijd een dag tevoren gedaan. Ik onthield het één dag, haalde een goed cijfer en vergat het dan allemaal direct weer. Hier kon dat niet, het was gewoon te veel. Voor het eerst haalde ik onvoldoendes. Ik raakte vreselijk in paniek. Ik durfde het aan niemand te vertellen. In het weekeinde ging ik nauwelijks nog naar huis, maar bleef ik in mijn eentje op mijn kamer zitten studeren. Ik deed ook niets buiten de studie om, daar had ik helemaal geen tijd voor.

Toen kwam er een nieuwe studie op: informatica. En ik dacht meteen: dát wil ik. Dat logische, dat leek me zoiets verrukkelijks. Ik had het er met een studiegenoot over en die zei ook meteen: "Dát moet je doen!" Met lood in mijn schoenen ben ik het weekeind daarna naar huis gegaan. Ik heb aan mijn ouders gevraagd of ik van studie mocht wisselen. Ik zag al aankomen dat het heel moeilijk zou worden, want ik zou studievertraging oplopen en mijn ouders zaten financieel erg krap in die tijd.' Ze glimlachte.

'Het waren de margarinejaren,' zei Fiep. 'Voordat we boodschappen konden doen moesten we altijd eerst langs bij de bank. Mijn moeder was daar zo bang voor dat ze mij meevroeg. Voor elk tientje moesten we soebatten. De dame van het loket loodste ons naar een zijkamertje en na eindeloos veel tijd kwam de meneer van de bank. Daar zaten we dan, ik met Noa op schoot, en maar praten als Brugman. Er werden papieren bijgehaald waaruit bleek dat mijn vader bezittingen had in Frankrijk en Duitsland, maar dat zat in bv's waar we niets van snapten. We wilden gewoon een pond gehakt kopen!'

'Mijn ouders hadden het in die tijd erg moeilijk,' nam Anne het weer over. 'Pappie dronk heel veel. Ik zie mammie nog huilend de lege flessen in een doos gooien. Onder het mom van "even met de hond lopen" vertrok hij 's avonds na het eten en dan moest mijn moeder weer naar het dorp om hem uit de kroeg te halen. Hij had een torenhoge rekening bij Het Zwaantje, waar hij de getapte jongen uithing en waar ze natuurlijk dachten dat hij steenrijk was. Soms was hij dagen zoek. Geen idee waar hij dan uithing. We vroegen er niet eens meer naar. Daarom heeft het ook zo lang geduurd voordat we alarm sloegen toen hij uiteindelijk écht verdween. We waren eraan gewend. Of beter, Fiep en mammie waren het gewend. Ik wist in die jaren eigenlijk nauwelijks wat er zich thuis afspeelde. Ik zat maar met mijn neus in de boeken in Amsterdam.'

Ze schonk zichzelf een glas water in.

'Toen ik thuiskwam en mijn ouders voorstelde van studie te wisselen, zei mijn vader dat daar geen geld voor was. Ik moest die biologie gewoon afmaken, zonder studievertraging.

Ik ging terug naar Amsterdam. In de trein dacht ik ineens: ik kan twee studies tegelijk doen. Dat kost me alleen het collegegeld. Misschien kan ik dat ergens lenen.'

'Grote god,' zei ik.

'In het weekeinde deed ik 's nachts schoonmaakwerk in ziekenhuizen. Daarnaast volgde ik die twee studies. Bij biologie had ik inmiddels het ergste gehad en ik genoot zo van de studie informatica dat ik vleugels kreeg. Nog voor ik goed en wel was afgestudeerd, had ik al een aio-plaats. Assistent in opleiding. Ze zochten iemand die én informatica én biologie had gestudeerd. Daarvan was er op dat moment maar één in Nederland en dat was ik. Dus ik kreeg die aanstelling.'

'En waren je ouders toen trots?' vroeg Cora.

Anne aarzelde. 'Mijn vader wel. Mijn moeder vroeg steeds wanneer ik nou eens met een leuke man thuiskwam. Die maakte zich wel zorgen om mij. Niet onterecht, want als ik foto's zie van mezelf in die tijd, zie ik een geest. Ik ben broodmager en lijkbleek en heb steeds een frons tussen mijn wenkbrauwen.'

'Ik zat toen al met Noa,' zei Fiep. 'Ik had er helemaal geen aandacht voor. We zagen Anne ook bijna nooit.'

'Fiep, je kon er niks aan doen!' zei Anne. 'Dat moet ik altijd een keer of drie zeggen als we over deze tijd praten. Fiep voelt zich schuldig. Zij vindt dat ze had moeten zien aankomen dat het misging.'

'Ik begrijp dat je twee studies deed, een aio-plaats aannam en 's nachts ziekenhuizen schoonmaakte,' zei ik. 'Het doet een beetje denken aan wat we vroeger speelden, hoe de vreselijke Mina ons afbeulde en we dan met kaneelstokken en zwart-op-wit het bos in vluchtten.'

'Je chargeert het nou een beetje, want toen ik die aio-plaats kreeg was ik wel al afgestudeerd. Die plek werd gefinancierd door een stichting die zich beijverde voor het afschaffen van proeven op dieren.'

'Een club voor de zielige dieren!' riep ik.

'Ja, daar heb ik toen ook wel even aan gedacht. Maar het kwam erop neer dat ik moest uitrekenen hoeveel dieren je nodig had om een proef goed uit te voeren. De berekening ging aan de hand van fruitvliegjes. Dat was een abstractie, een tel-eenheid, ik heb nooit een fruitvliegje gezien in die tijd. Ik zat dus alleen maar te rekenen. Ik had een kantoor en een computer tot mijn beschikking. Elke dag zat ik daar van negen tot vijf. Ik leefde heel zuinig om mijn lening af te kunnen betalen. En toen is het gebeurd.'

Ze zocht naar woorden.

'Anne, we doen het helemaal zoals jij het wilt,' zei ik. 'Maar ik heb nog chipolatapudding.'

'Chipolatapudding!' riepen Anne en Fiep in koor.

'Zelf gemaakt,' zei ik. 'Wat wil je, pudding of eerst doorvertellen?'

Anne dacht geruime tijd na. 'Toch eerst doorvertellen. Het is bijna klaar. Ik wil nog wel een glaasje water.'

'Als je één seconde wacht, haal ik nog even een fles wijn,' zei ik. 'En dan neem ik meteen de borden mee naar de keuken. Dat vind ik altijd zo'n vervelend gezicht.'

Cora volgde me met een stapel schalen. 'Vind jij het ook zo spannend?' fluisterde ze.

'Ik zat daar een paar jaar te rekenen,' vervolgde Anne. 'Er werd een datum voor de promotie gepland. Mijn berekening was niet af. Sterker nog, naarmate ik verder kwam begon ik in te zien dat de som nooit zou uitkomen. Dat kán. Dat was vanaf het begin een mogelijkheid geweest. Dat zou wetenschappelijk gezien helemaal geen slechte uitkomst zijn geweest. Ik had er prima op kunnen promoveren. Maar de gedachte dat ik werkte aan een som die nooit zou uitkomen werd me op de een of andere manier te veel.'

'Na alle voorgaande jaren waarin je veel te hard had gewerkt,' voegde Fiep eraan toe.

'De dag van de promotie naderde. Mijn ouders zouden komen, met Fiep.'

Ze glimlachte verlegen. 'Vanaf dit punt neemt Fiep het verhaal van me over, want ik weet er bijna niets meer van.'

'Ik zal de rest kort vertellen,' zei Fiep. 'We gingen naar Amsterdam, mijn ouders en ik. Er bleek geen promotieplechtigheid te zijn. Niemand wist ergens van. Anne bleek al in geen weken op het instituut te zijn geweest. We gingen naar haar huis, maar ze deed niet open en we hadden geen sleutel. We belden de politie. Die is met een ladder gekomen. Ze hebben een ruit ingeslagen. We vonden Anne. Ze was er slecht aan toe maar ze leefde nog. Ze bleek een rookvergiftiging te hebben, want al die jaren had ze als een ketter gerookt, zonder dat wij het wisten. Ze is naar het ziekenhuis gebracht en daarna naar een gesloten afdeling, want ze was heel erg in de war. Ze praatte niet meer, hoewel we soms het idee hadden dat ze wel iets wilde zeggen.

Er was er maar één die contact met haar had en dat was Noa. Bij Noa ontspande ze zich een beetje. En op een dag zei Noa: "Ik vind jou lief." O god? Fiep begon te snikken.

Anne huilde ook, maar ze lachte door haar tranen. 'Toen zei ik: "Ik jou ook." Dat was het eerste wat ik zei na al die tijd. Ik herinner het me niet, hoor. Fiep heeft het al honderd keer verteld.'

'En elke keer begin ik weer te huilen.' Fiep snoot haar neus. 'Anne kwam weer thuis. Ze is arbeidsongeschikt verklaard en gebruikt een aantal medicijnen. Anne verdient een gouden medaille.'

'Jij ook,' zei Anne. 'Fiep heeft de hele boel hier overeind gehouden. Mijn vader had een totale chaos van de financiën gemaakt. Er waren allerlei schimmige bv's, waar we pas bij konden als hij officieel dood was verklaard, zo bleek later. Maar dat duurde ontzettend lang. Aan mijn moeder hadden we eigenlijk helemaal niks. Die werd vreselijk vaag, vooral na die operatie, en wilde alleen dure kleren kopen. Ik paste op Noa en mijn moeder, terwijl Fiep het geld moest verdienen. We hebben echt heel moeilijke jaren gehad. Tegen de tijd dat het wat beter werd, ging Noa studeren en werd mijn moeder snel slechter. Ik paste uiteindelijk hele dagen op en dat redde ik niet meer. Dus stortte ik weer in en moest opnieuw opgenomen worden. Noa kon er niet meer tegen en vertrok naar Nieuw-Zeeland. Wij probeerden mammie onder te brengen in een verpleeghuis, dat ging ook niet. Eenmaal was er een huis dat we geschikt vonden, maar dat kostte vijf-duizend euro per maand. In een ander tehuis stopten ze haar vol kalmeringspillen. Uiteindelijk hebben we haar weer in huis genomen en geprobeerd haar zelf te verzorgen, met hulp van de thuiszorg en allerhande losse hulpen. En dat is de situatie waarin we ons nu bevinden.'

We waren er stil van.

'Mag ik één vraag stellen?' zei ik. 'Landgoed verko-pen?'

Anne en Fiep begonnen te lachen.

'Eerst pudding,' zei Fiep.

Anne mocht het klepje losmaken. Met een plofje viel de pudding op de schaal. Hij was volmaakt.

De zon was bijna weg. Een zachte bries ging door de bomen.

'God gaat voorbij,' zei Cora.

Thijs zuchtte. 'Wij zijn allen geslagenen.'

'Jij ook?' Fiep leek plotseling gespannen.

'Zeker.'

'Door je vrouw?'

'De scheiding heeft er heel diep in gehakt.'

'Ik geloof dat Fiep iets anders verstond,' zei ik.

Fiep schonk zichzelf nog eens bij. 'Ik heb daarnet een stuk weggelaten van mijn levensgeschiedenis. Maar nu Anne haar verhaal helemaal heeft verteld wil ik dat ook doen.' Ze zocht even naar woorden en vervolgde: 'Ik werd geslagen door mijn ex. Jullie mo-gen niet lachen. Ik lach zelf wel, maar dat is een auto-matisme waar ik vanaf probeer te komen. Dat komt doordat ik me schaam. Hij begon te slaan toen Noa werd geboren. Het is helemaal het klassieke verhaal: je denkt dat je niet weg kunt, je schaamt je en later begrijp je helemaal niets meer van jezelf. In een blad las ik over een vrouw die altijd met een zonnebril liep om te verbergen dat ze weer eens een blauw oog had. Ik las dat, ik dacht: ja, natuurlijk, want dat doe ik ook, en nóg viel het kwartje niet. Vraag me alsjeblieft niet om het uit te leggen. Niemand kan het uitleggen. Als je "mishandeling" intypt op Google krijg je tienduizend verhalen en al die tienduizend verhalen zijn precies hetzelfde. Hebben we nog taart?'

Dat was een oud grapje, uit *De Lorrenkoningin*.

'Wanneer is het opgehouden?' vroeg ik.

'Hij reed met zijn dronken kop tegen een boom, brak een wervel en moest een paar weken in het ziekenhuis liggen. Precies lang genoeg om mij tot bezinning te laten komen. Ik heb mijn spullen gepakt en ben met Noa naar mijn ouders gevlucht.'

Daarna vertelden Cora en ik onze levensgeschiedenissen, waarbij Anne en Fiep regelmatig riepen: 'Ja, dat weten we al uit je boek!' Ab en Thijs beperkten zich slechts tot hun werk, maar toch stonden de sterren al aan de hemel toen we afscheid namen.

❧

Een paar dagen na dit gedenkwaardige samenzijn liep ik in gedachten verzonken naar mijn tuin, toen, ter hoogte van de tuin van Kenny, een wonderlijk dier mijn pad kruiste. Het was een gewonde mol bij wie de darmen over de grond sleepten. Ik slaakte een kreet van schrik en afgrijzen.

Een kleine, elegante verschijning kwam onder de pergola door. Het was de vrouw die we de allereerste dag bij de brug hadden gezien, naar wie Ab had zitten loeren in zijn achteruitkijkspiegeltje.

'Jasses!' riep ze en ze deinsde achteruit.

'We moeten iets doen,' zei ik.

'Ach, dat diertje gaat vanzelf dood.'

De mol sleepte zich over het scherpe schelpenzand naar de tuin naast die van Kenny, waar een grote, brede man met opgerolde mouwen stond te schoffelen.

'Meneer!' riep ik.

''t Is een vrouw.'

Nu zag ik het ook. Een grote, brede vrouw met een lange, grijze vlecht. Ze kwam aanlopen, keek naar de mol, hief de schoffel met beide handen boven haar hoofd en kliefde het diertje met één houw dwars doormidden.

'Dank u wel,' zei ik beduusd.

Ze keek me aan met een spottende blik.

'Ik zal me maar even voorstellen.' Ik stak mijn hand uit. 'Judith Loman van de laatste tuin.' Mooie titel, dacht ik onwillekeurig.

'Zwanet,' zei ze kort.

Er viel een stilte.

'En jullie kennen elkaar natuurlijk al,' zei ik.

'Dat kun je wel zeggen, ja,' zei Zwanet spottend.

'Laten wij dan ook maar even kennismaken,' zei ik tegen de elegante vrouw. 'U bent zeker de vriendin van Kenny.'

Zwanet lachte hard, waarbij ze ritmisch met haar

schoffel op de grond sloeg, of ik een kostelijke grap had gedebiteerd.

'Ik ben Guusje. Wil je mijn tuin zien?'

Zwanet liep weg, zonder groet.

'Zo'n akelige vrouw,' zei Guusje zachtjes. Ze sprak met een zachte g, wat haar nog een extra charme verleende. Naast haar voelde ik me groot en lomp.

Samen liepen we onder de pergola door.

'Dit is de mooiste tuin van het hele terrein,' zei ik. 'Je vriend heeft me al een keer rondgeleid.'

'Kenny is niet mijn vriend,' zei ze. Spiedend keek ze om zich heen en fluisterde: 'Integendeel.' Alweer met zo'n zachte g. Het was net een poppetje uit Parijs. Thijs en Ab zouden haar vast ook beeldig vinden. Misschien kon ze me tuinadviezen geven.

'Mijn man heet Guus. Eigenlijk kennen we Kenny nog niet eens zo heel lang. Hij was de vriend van de vriendin met wie wij samen deze tuin hebben. Dit zijn twee tuinen die al dertig jaar geleden zijn samengevoegd tot één tuin, met twee nummers. Het is...' – ze zuchtte – 'ongedeeld eigendom. Dat zegt Kenny ongeveer honderd keer per jaar tegen me. Echt eigendom is het natuurlijk niet, want we huren de tuin van de vereniging, maar ik kan er dus niet zomaar een schutting doorheen zetten. Daar komt bij dat we allebei de saffraanpeer op ons gebied willen hebben.'

'Kun je niet...' begon ik.

Ze hief haar hand. 'Ik heb alles overwogen, alles voorgesteld, alles geprobeerd. Er is niets wat ik kan doen, behalve weggaan. En dat wil ik niet. Dit is mijn leven, mijn paradijs. Kijk, dat is zegekruid.'

'Kenny noemde dat hemelkruid. Ik vond het nog zo'n mooie naam.'

'Kenny weet helemaal niets.'

'Zegekruid,' herhaalde ik. 'Mooi.'

'En dat is hemelsleutel.'

We wandelden de tuin door. Guusje wees me op allerlei planten, waarbij ze zowel de Nederlandse als de Latijnse namen noemde.

'Kenny zei, maar dat zal dus ook wel weer onzin zijn, dat die saffraanpeer er al tweehonderd jaar staat en dat hij gesnoeid moet worden.'

'De boom is honderd jaar oud en hij moet vooral níét gesnoeid worden. Saffraanperen horen zo'n warrige kroon te hebben. Dat heb ik al duizend keer tegen Kenny gezegd, maar daar maak ik het alleen erger mee. Hij praat er voortdurend over. Nu heeft hij gezegd dat hij dan alleen zijn eigen kant zal snoeien. O hemel, daar is hij.' Er verscheen een onnatuurlijk lachje op haar gezicht. 'Dag, Kenny.'

Ze had scherpere oren dan ik. Inderdaad kwam Kenny onder de pergola door. Wat een wonderlijk gezicht had hij toch. Waarschijnlijk waren er vrouwen die hem heel knap vonden.

'Nou, leuk je te hebben leren kennen, ik zal je uitlaten.' Guusje liep met me mee naar de pergola. 'Ja, dat lijkt me héél leuk, om jouw tuin ook eens te zien,' zei ze luid. En toen fluisterde ze: 'Ik leg het je binnenkort uit.'

Het volgende moment was ze verdwenen.

Het was prachtige grond. Alles gedijde erop. Dat had als nadeel dat de strijd tegen het onkruid nooit ophield. Zodra ik aan het eind van de tuin was gekomen, kon ik aan de andere kant weer opnieuw beginnen. Ik klaagde erover tegen Govert, omdat dat zo hoorde onder volkstuinders. Maar ik was helemaal in mijn element als ik op handen en knieën door de tuin kroop en het onkruid met handenvol uittrok, elke dag opnieuw.

De courgetteplanten die ik van hem had gekregen leken wel bezeten. De dikke stengels zochten zich een weg over de grond, tot aan de sloot toe, vertakten zich, hadden elke dag nieuwe grote, gele bloemen en produceerden een niet-aflatende stroom courgettes, die ik plukte als ze zo groot als een hand waren.

Ik had Govert om pompoenplantjes gevraagd, maar dat leidde tot een verontwaardigd blazen. 'Pompoen! Dat vind ik zoiets belachelijks! Als je echt helemaal niks meer weet ga je pompoen neerzetten. Het gaat je hele tuin over, overwoekert alles en dat alleen voor een paar van die melige dingen die je voor een euro in de winkel koopt.'

'Goed, goed,' probeerde ik hem te kalmeren.

'Loes heeft ze,' zei hij nors. 'Misschien kun je ze aan haar vragen. Loes is die dikke slome met die rommeltuin. Ja, nou kun je wel zo kijken, ze is nou eenmaal dik en sloom, daar kan ik ook niks aan doen.'

Ik had inmiddels kennisgemaakt met de meeste tuiniers. Veel waren het er niet, want er zat een aantal mensen bij die nog wel lid waren, maar nooit meer kwamen. Ouwe Teun was op sterven na dood. Dan was er nog een zekere Johan, over wie vaak werd gezegd 'dat hij weer ging komen'. De stokoude mevrouw Polak liet zich soms door een taxi afzetten, zat een paar uur in de zon en werd dan weer opgehaald.

Govert hield alle tuinen bij. Ook knipte hij de heg, harkte het pad en schoonde de sloot van degenen die dat niet meer zelf konden.

'Waarom doe je dit eigenlijk allemaal?' vroeg ik eens.

'Daarom!' riep hij boos, met een weids armgebaar. 'Weet ik niet! Soms moet je ingrijpen!'

Daarom. Ik dacht er lang over na. Mijn huisgenoten begrepen niet waarom ik vele uren per dag in de blikkerende zon door de aarde kroop voor een paar kroppen sla die ik evengoed in de winkel kon kopen.

Daarom werkte Fiep honderd uur per week om het voorvaderlijk landgoed in stand te houden.

Er was geen keuze, je moest het doen. Het was je bestemming.

Anderzijds, Fiep had zich keer op keer zonder zich te verweren in elkaar laten slaan en Anne had haar gezondheid verspeeld aan een som die niet uitkwam. Konden we dat ook aan 'bestemming' wijten? En als we nu eens als regel stelden dat we het woord 'bestemming' alleen mochten gebruiken voor handelingen waarmee we onszelf noch anderen benadeelden, hoe beoordeelden we dan de wens van opeenvolgende generaties Lanssen om het landgoed weg te schenken? Voor de ontvangers was dat plezierig, maar voor vrouw en kinderen allerminst.

Tot mijn verrassing kwam Guusje me opzoeken op mijn tuin.

'Daar ben ik! Leuk, je tuin. Wist je dat je die grote courgettebladeren beter af kunt knippen? Dan heeft de plant meer energie voor de vrucht. Ik laat hem meestal maar twee ranken maken. De vrouwelijke bloemen kun je eten, de mannelijke niet. Mag ik wat bamboe knippen?'

'Natuurlijk! Ga je gang. Er is genoeg.'

Vlug en handig knipte ze wat lange stelen af. Er zat kracht in haar kleine handen. 'Zo, dat is genoeg. Mag ik de rest van je tuin ook zien? Ik kom hier eigenlijk nooit.'

Samen liepen we langs de bedden.

'Het is natuurlijk geen vergelijk met jouw tuin. Ik zit hier maar twee maanden.' Er viel me iets in. 'Hoe zit het eigenlijk met de gewassen die Kenny voor ziekenhuizen kweekt?'

'Dat mosterdzaad? Dat is nog een plán, hè, dat is nog een plán.'

'Een mens met een plan is een mens met een toekomst.' Hoe meer ik Kenny prees, hoe meer gif er bovenkwam.

'Mag ik even gaan zitten?' Zonder op antwoord te wachten klapte ze de twee stoeltjes open die Govert me geleend had. 'Je vindt het misschien vreemd wat ik ga zeggen.'

'Ik vind helemaal nooit iets vreemd. Er is één ding dat ik niet begrijp: hoe je er zelfs op de tuin altijd zo mooi en elegant kunt uitzien.'

Ze glimlachte vluchtig. 'Dank je wel. Ik ontwerp stoffen, dus ik ben gewend in kleur en vorm te denken. Maar jij bent schrijfster! Dat vertelde Govert. Ik ben direct naar de bieb gegaan en heb al je boeken gelezen. En nu is het net of ik je heel goed ken. Ik durf het bijna niet te vragen, maar zou je naar mijn verhaal willen luisteren? Ik denk dat jij het zou kunnen begrijpen. Je moet me alleen één ding beloven: je mag het nooit in een boek zetten.'

'O jee,' zei ik. 'En als ik de namen verander?'

Ze aarzelde. 'Ik zal het met Guus bespreken. Guus is mijn man. Ja, Guus en Guusje, het kwam zo uit.'

Opgewonden schoof ze over haar stoel heen en weer. Ze legde haar hand op haar borst, of ze iets moest tegenhouden. 'Kenny heeft maar één doel in het leven en dat is: kapotmaken.' Gespannen keek ze me aan.

'Wat boeiend,' zei ik. 'Toevallig dacht ik net na over menselijke bestemmingen. Schrijven, zingen, tuinieren. Kapotmaken kan natuurlijk ook. Geldt het bij Kenny alleen voor tuinen, of ook voor mensen?'

'Allebei. Tot een paar jaar geleden stond op onze tuin een schitterende moerbeiboom, heel oud. Die heeft hij zogenaamd gesnoeid. Telkens knipte hij er takken af, tot er niets van overbleef. Onze vriendin was een enig mens. Maar van Kenny moest ze rare diëten volgen en ophouden met haar medicijnen. Na twee jaar was ze een wrak. Nu zit ze in een inrichting. Hij heeft er geen enkel voordeel bij. Hij deed het gewoon voor z'n plezier. En nu wil hij de saffraanpeer vermoorden.'

Ze begon te hoesten. 'O hemel, het slaat op mijn keel.' Haar ogen traanden en haar mascara liep uit in een bedding van fijn craquelé. Ze zag er ineens een beetje oud en ontredderd uit. 'Wij hebben gezegd: die peer hóéft niet gesnoeid te worden. En áls het al zou moeten, laten we een boomchirurg komen en die betalen wij uit eigen zak. Elke keer als ik op de tuin kom, ben ik zo bang dat hij weer begonnen is met zijn schaar. Het is moord. Het is niet te begrijpen.'

'Nooit proberen te begrijpen! Zien en constateren, dat is mooi genoeg. Begrip wordt zwaar overschat. Dit is zinloos geweld. Dat moet je zien en verwerpen. De enige vraag is hoe jij je ertoe moet verhouden.'

Ze leek het niet te horen. 'Mijn vriendinnen begrijpen niet waar ik zo moeilijk over doe. Ze zeggen: "Neem een andere tuin." Maar deze tuin, dit is mijn kind. Het is mijn verleden en mijn toekomst. Mijn ouders werkten hier, ik werk er nu in, deze tuin…'

'*Deze tuin is uw zuster*,' citeerde ik. 'Achterberg.'

'Ja, ja!' zei ze gretig. 'Dat zeg je goed! Zo is het. Alsof deze tuin mijn zuster is, mijn tweelingzuster zelfs. Die laat je ook nooit in de steek. Ik denk steeds: als ik het nog éven volhou, dan krijgt Kenny er wel genoeg van. Want Kenny houdt helemaal niet van tuinieren. Hij kan er niks van. Hij strooit wat mosterdzaad en dat is het. Hij wil helemaal niet tuinieren, hij wil alleen winnen. Zelfs mijn man zegt dat we de tuin moeten opzeggen. "Dan wint Kenny," zegt hij, "maar dan blijf jij gezond." Ik was vroeger nooit zo labiel. Ik kan maar niet begrijpen waarom Kenny dit doet. Ik heb me zelfs afgevraagd of het mijn schuld is, of ik Kenny over mezelf afgeroepen heb.'

Dit had ik vaker meegemaakt en toch bleef het me verbazen, hoe zelfs intelligente mensen bleven steken in die éne groef: waarom moet mij dit overkomen?

Volksstammen aardige, intelligente en rechtschapen mensen gingen aan die zinloze vraag ten onder.

'Een keuze tussen twee kwaden,' zei ik. 'Tragedie. Dan is er soms geen andere oplossing dan het onontkoombare einde af te wachten.'

'Alles heb ik geprobeerd. Handlijndeskundigen, EMDR, een tenenlezer, en laatst nog een Chinese arts tussen de weilanden.'

'In het gras?' vroeg ik verbaasd. 'Tussen de koeien?'

Ze giechelde. 'Nee, hij woonde wel in een echt huis. Het was in de buurt van Wolvega, het was een enorme reis.'

En Guusje vertelde.

Ze was met de trein, nog een trein en twee bussen naar Peppel 3 gegaan, waar de Chinese arts woonde in een klein, houten huis. Het was een grote, dikke man met een glanzende, kastanjebruine schedel. Hij luisterde aandachtig naar haar verslag over de gezamenlijke tuin die al zo lang in de familie was.

'Het ging altijd zo goed tussen de beide families. Wij, de kinderen, namen de tuin over na de dood van onze ouders. Toen kreeg mijn vriendin een nieuwe vriend, Kenny. De tuin is een wildernis geworden en mijn vriendin zit in een inrichting. Kenny loopt door mijn bedden, hij knipt takken af... Ik heb met hem gepraat en gepraat, maar het is of ik tegen een bol wol praat. En bij alles kijkt hij me zo raar aan en dan zegt hij: "Het is ongedeeld eigendom."'

De arts staarde haar onafgebroken aan, zonder te reageren. Guusje werd er nerveus van. 'In het midden van de tuin staat een saffraanpeer.'

'Een peer', herhaalde de Chinees.

'Een boom dus. Een saffraanperenboom. Dat is de enige originele saffraanpeer in Nederland. We hebben er zelfs mee in een tijdschrift gestaan, er is vorige zomer een tuingroep uit Midden-Beemster geweest. En nu wil Kenny de boom snoeien. Dit kost me mijn gezondheid. Guus, dat is mijn man, zegt dat ik me niet zo moet opwinden. Mijn vriendinnen zeggen dat ik de tuin moet opgeven. Ik weet niet meer wat ik moet doen.' Ze zweeg, buiten adem.

De Chinese arts knikte en tikte met zijn pen op zijn blocnote. 'En wanneer had jij je eerste orgasme?' vroeg hij.

Ze voorzag een verloren dag en dacht aan het dure treinkaartje. 'Het gaat om de tuin. De gezamenlijke tuin. Ik heb nooit een relatie met Kenny gehad. Ik ben met Guus getrouwd. Guus!' Onwillekeurig stak ze haar hand omhoog, om aan te geven dat Guus erg lang was.

De Chinees knikte. 'Alles is belangrijk. Alle energie komt uit één bron.'

'Ik ga hier niet over mijn intieme leven praten', zei Guusje flink. 'Ik wil horen wat ik met die vreselijke man moet doen.'

'Kenny', herhaalde de Chinees. 'Ik begrijp je.' Hij trok een la van zijn bureau open en haalde er een plastic zakje uit. 'Jij zet hier thee van.' Hij schoof het zakje naar haar toe. 'Honderd euro.' Nu pakte hij een gele kaars uit de la. 'Jij brandt deze kaars. Tien euro. Dan ga jij ademen volgens deze methode. Vijf euro.' Hij legde een aan elkaar geniet stapeltje papier voor haar neer en tikte erop. 'Inademen door de mond.

Uitademen door de neus.' Hij deed het voor, hard blazend door zijn neus, wat een onaangenaam gezicht was. 'Jij zendt je liefde. Binnen twee weken is het goed.'

'Aan wie moet ik mijn liefde zenden?' vroeg Guusje verward. 'Aan mezelf?'

'Aan de man.'

'Aan Kenny?'

Hij knikte langzaam, meerdere malen. 'Kenny.'

Het consult kostte ook nog eens honderd euro. Ze rekende 215 euro af en ging weer naar huis.

Sinds Thijs' hartaanval had ik niet meer zo gelachen. De tranen liepen me over het gezicht. 'Mag ik het alsjeblieft aan mijn zuster vertellen? En aan de rest?'

'Alsjeblieft niet!' schrok ze. 'Want Kenny heeft nu iets met de oudste van die twee zussen.'

Ik was direct uitgelachen. 'Wát zeg je?'

'Ja ja. Ze is al helemaal in zijn ban. Ik zag ze laatst samen onder de sering en ik herkende die blik... Ze is verloren.'

'Dan moet ik haar júíst waarschuwen!'

'Je hebt het niet van mij! Ik wil er niets mee te maken hebben!'

'Guusje,' zei ik, 'je snapt toch wel dat ik niet kan toekijken als een van mijn oudste vriendinnen met open ogen haar ongeluk tegemoet loopt?'

'Als je maar weet dat je het niet van mij hebt,' herhaalde ze koppig. 'Als het mijn woord is tegen dat van Kenny verlies ik natuurlijk altijd.'

'Hoe is het nou afgelopen met die medicijnen en die gele kaars?'

Ze vrolijkte direct weer op. 'Dat was me wat. In de trein naar huis probeerde ik het toch positief te benaderen. Dat ademen door de neus zag er bij die Chinese arts erg akelig uit omdat hij een beetje verkouden was, maar ik geloof wel dat adem heel belangrijk is. De adem is toch de ziel. Het is ook één woord, in het Latijn.'

'Anima.'

'Dus toen ik thuiskwam, zette ik thee van de kruiden, stak de kaars aan en ging aan tafel zitten. Ja, je mag lachen, hou je niet in.'

Ik veegde mijn ogen af en probeerde me te beheersen.

'Ik begon te ademen volgens de methode van de arts. Toen nam ik een slok thee. En of het nou de thee was, of het ademen, of de combinatie, maar ik moest zo vreselijk hoesten... Ik dacht dat ik doodging. Guus kwam naar beneden, die wilde al bijna de ambulance bellen. Vreselijk. We hebben de papieren en de kruiden direct weggegooid. Alleen de kaars hebben we nog, want die was toch wel leuk.'

'En toen?'

'Guus zei dat ik voorlopig niet meer alleen naar de tuin mocht. In januari heeft hij de tuin omgespit. Kenny doet daar natuurlijk niks aan. Die heeft het steeds over permacultuur, waarmee hij bedoelt dat hij niks doet. Ik ging in therapie bij een man die samen met mij een mantra opstelde. Als ik Kenny zou tegenkomen moest ik op mijn adem letten en in gedachten herhalen: ik ben van ijs en niets kan mij raken.'

'Ik ben van ijs en niets kan mij raken,' herhaalde ik. 'Dat is een goeie.'

'In maart voelde ik me sterk genoeg om alleen naar de tuin te gaan. Ik was ervan overtuigd dat het me ging lukken.' Ze zuchtte diep.

'Ja?' vroeg ik ademloos.

'Nu was 7 maart een heel warme dag. Het leek wel zomer. Ik kwam aanlopen en in de verte zag ik Kenny al. En toen werkte de mantra niet. Ik probeerde nog: ik ben van ijs, maar het ging niet, het was gewoon te warm voor ijs. Ik probeerde nog: ik ben van graniet en alles rolt van me af, maar Kenny keek me aan en ik kreeg het direct weer benauwd. Toen zei hij dat hij mosterd ging verbouwen. Dat zou zogenaamd gluco-sinolaten bevatten en die werken tegen kanker. Ik zei nog: "Mosterd woekert als een bezetene! Mosterd gooi je bij je vijanden in de tuin!" en toen wist ik dat ik alweer had verloren.'

Ze keek me zo ernstig aan dat het lachen me verging.

'En weet je, Judith. Op het moment dat hij weer zei: "De tuin is ongedeeld eigendom" vlogen er twee zwarte vogels over.'

Een tijdje zaten we zwijgend naast elkaar.

'Kenny heeft een keer eikenprocessierupsen op zijn kant van de tuin gehad.' Guusje keek me recht aan. 'En hij heeft niet eens een eik.'

In het bamboe klonk een harde, schrille pieptoon. Een dier in nood?

Ik schoot overeind en sprong over de geul het bamboe in. Ik werkte met handen, ellebogen, voeten, knieën en zelfs mijn hoofd, maar het was of ik nauwelijks vooruitkwam. De stelen en de bladeren sneden in mijn handen en gezicht. Een paar maal liep ik vast. Het geluid leidde me naar een lichte, open plek waar een kromgegroeide haagbeuk stond, overwoekerd door klimop.

Een grauw vogeltje hing ondersteboven met één naalddun pootje aan een bamboestengel, heftig klapperend met de vleugeltjes. Met mijn ene hand pakte ik het vogeltje en met mijn andere hand boog ik de uiteinden van de gebarsten stengel uiteen. Voorzichtig haalde ik het diertje los. Ik hield het in de kom van mijn gesloten handen, terwijl ik probeerde op adem te komen. Het gepiep was verstomd. Ik voelde een klein hartje als een razende kloppen en opende mijn handen. Twee kraaloogjes keken me aan. Geen bloed. Vleugels intact.

Het bamboe had zich achter me gesloten als de waterspiegel na een duik.

De haagbeuk was groot en leek nog omvangrijker door zijn dikke vacht van klimop. Die moest er al gestaan hebben voor oom Friso zijn bamboe plantte, alhoewel, haagbeuken groeiden ook hard. Al twintig, dertig jaar vochten bamboe, haagbeuk en klimop hier om het licht.

Even verderop zag ik een rare, bruine bol tussen het bamboe hangen. Misschien een rotte pompoen die door iemand was weggesmeten. Of was het een nest? Maar welke vogel zou een nest kunnen bouwen tussen die gladde stengels? Karekieten nestelden in het riet en je had ook muizen die een soort buidels maakten hoog boven de grond.

Het vogeltje was tot rust gekomen. Ik drong me verder tussen het bamboe door, naar de bol, die wel iets van een kinderlampion had. Een voetbal misschien, hoog overgetrapt en hier blijven hangen.

Ik zette een laatste stap en schrok zo hevig dat ik mijn wankele evenwicht verloor. Doordat ik mijn handen instinctief om het vogeltje bleef houden, zakte ik langzaam op mijn achterste. Gelukkig had niemand me gezien en landde ik niet al te hard. Moeizaam stond ik op.

Een doodshoofd stond recht boven op een dikke stengel bamboe, precies op ooghoogte.

Even moest ik aan Goverts kalende schedel denken en ik schoot in de lach.

Het vogeltje begon tussen mijn handen tot leven te komen, ik voelde gefladder en het pikken van een snaveltje. Ik strekte mijn armen ver boven mijn hoofd en opende mijn handen. De vogel vloog recht omhoog naar de hemel en was verdwenen, mij alleen latend met mijn schedel.

Zo kwam er een eind aan een spel dat we in een vorig leven waren begonnen. Ik trok de kop los, schudde de bladeren eruit, haakte mijn vingers in de holte waar de onderkaak had gezeten en begon me een weg terug te banen.

In de verte klonk de kerkklok. Zes uur. Ik moest me haasten voor het eten.

'Wat zie je eruit!' riep Guusje. 'Je bloedt! En wat is dat voor iets ákeligs!'

'Daar speelden we vroeger mee. Twee van ons verstopten de schedel en de andere twee moesten hem zoeken. Blijkbaar hebben we hem ooit vergeten, of konden we hem niet meer terugvinden.'

'Maar wat was er nou ineens? Je leek wel een tijger,

zoals je in dat bamboe verdween. Of moest je ineens heel nodig op de hurken?'

'Hoorde jij dat snerpende gepiep niet? Het was een vogel, ik heb hem uit het bamboe bevrijd. Ik hoop dat hij het redt.'

'Nou ja, één vogeltje meer of minder. Dat is de natuur, moet je maar denken.'

'Ik ben ook natuur. Alles is natuur.'

In de verte zag ik het hele gezelschap al rond de tuintafel zitten: Cora en Ab, Fiep, Anne en tante Lidewij en Thijs, die er elke dag beter uitzag. Even overwoog ik om de schedel midden op tafel te leggen en 'Alas poor Yorick' te zeggen, maar misschien dat tante Lidewij zou schrikken.

Ik legde de schedel in een lege bloempot en liep door.

'Judith! Wat is er met je gebeurd?' riep Fiep.

Het gezelschap keek op.

'Er was een vogel in het bamboe vastgeraakt. Ik moest erdoorheen om hem te bevrijden.'

'Lieverd, ga je eerst even wassen,' zei Thijs.

Boven in de badkamer zag ik dat ik er schrikwekkend uitzag. Ik had een snee in mijn voorhoofd die hevig gebloed had. Blijkbaar had ik het bloed met mijn vuile handen weggeveegd, waardoor de linkerkant van mijn gezicht nu vuilrood met zwart zag. Ook zat mijn haar vol stukjes bamboeblad. Mijn overhemd was gescheurd.

Ik waste me, kamde mijn haar, trok mijn flessengroene jurk aan, deed mijn gouden oorringen in en liep naar beneden.

'Lieverd, wat heb je toch allemaal uitgespookt? Je bent de hele dag weggebleven.'

'Ik heb lang gepraat met een heel aardige vrouw die ook een tuin heeft. Ze heet Guusje.'

Fiep nam van de sla. 'Guusje is een grote schat, maar wel erg zwaar op de hand.'

'Ze wond zich inderdaad nogal op,' zei ik behoedzaam. 'Over Kenny.'

'Kenny is knetter,' zei Fiep, 'maar Guusje maakt het erg groot allemaal, met die saliepeer.'

Anne zette haar glas neer. 'Saffraanpeer. En Kenny heeft echt heel goede redenen om die te snoeien. Kenny werkt samen met de maan. Guusje zegt wel dat die tuin van haar is, maar Kenny doet er net zoveel aan.'

Er viel een ongemakkelijke stilte. Anne had diverse ingrediënten naar de rand van haar bord geschoven. Stukjes tomaat, zag ik, en zelfs komkommer. Tomaat behoort tot de familie van de nachtschade, maar wat voor kwaad kon je nou denken van een komkommer?

Ik begon over mijn avontuur in het bamboe te vertellen. Fiep was in gedachten verzonken en tante Lidewij riep voortdurend: 'Glaasje wijn!' en 'Kenny!' waardoor ik de draad van mijn verhaal kwijtraakte.

'Heb je kunnen zien wat voor vogel het was?' vroeg Thijs.

Ik aarzelde. 'Zou het een nachtegaal kunnen zijn? Het ging zo snel. Ik dacht er pas aan toen hij alweer weg was.'

Thijs keek bedachtzaam. 'Het zou kunnen.'

'Er zitten hier wel nachtegalen,' zei Anne. 'Maar ik heb ze al een tijd niet gehoord.'

'In juli zijn ze wel uitgezongen. Dan zitten ze op hun nest.'

'*Ach, nachtegaal, klein vogelkijn*', zong Cora. '*Laat mij daar uwe bode zijn*. Jee, Juut, dat was dus echt een vogelkijn op een stekedorentje! Net als in het oude liedje! O, het was vast een nachtegaal, ik weet het zeker. Het was een teken. Hij wilde je ergens heen leiden. Hij wilde je iets zeggen.'

Ik liep naar de bloempot, haalde de schedel eruit, hield hem achter mijn rug en legde hem in de slaschaal, die inmiddels leeg was. Ik ging weer zitten en keek de tafel rond.

Met asgrauwe gezichten keken Anne en Fiep naar de schedel.

Toen zei Anne: 'Pappie?'

Fiep begon gillend te huilen.

Oom Friso. Als je het wist, zag je het meteen.

'Fries! Friesje!' riep tante Lidewij. Met sidderende hand schoof ze haar wijnglas naar het hoofd.

Natuurlijk nam Ab de leiding. Hij gooide zijn servet over de schaal en liep ermee weg. Ab zou alles regelen.

'Juut', zei Cora. 'Soms lijk je wel niet goed snik.'

Ik liep op mijn tenen naar de deur en sloot hem zo zachtjes mogelijk.

Fiep slaakte een oneindig diepe zucht. Het klonk als het ruisen van de vallende bamboe. 'Daar kan Juut niks aan doen', zei ze automatisch. Ze schonk zichzelf een glas in, leegde het in één teug en schonk opnieuw in. 'Ik ben hier de idioot. Pappie zou terugkomen en dan zou alles piekfijn in orde zijn. Fiep had het allemaal in orde getoverd. Geweldige Fiep.'

'Wacht even,' zei Thijs. 'Er staat vooralsnog helemaal niets vast.'

Maar Anne en Fiep hadden gelijk. Die korte tanden met de grote spleten ertussen. Het was oom Friso. Onbegrijpelijk dat ik het niet direct gezien had.

Zwijgend wachtten we tot Ab weer naar buiten kwam. In het voorbijgaan legde hij even zijn hand op Annes schouder. 'Ik heb de politie gebeld. Die vermissingszaak stond blijkbaar in het digitale archief, ze wisten meteen over wie ik het had. Ze zijn er over een kwartier.'

⁃

We werden stuk voor stuk apart genomen. Omdat ik de schedel gevonden had, werd ik als kroongetuige beschouwd, wat me een onwerkelijk gevoel gaf. Ik moest vertellen wat ik gedacht en gevoeld had toen ik de schedel lostrok en daar had ik geen antwoord op. Of beter, dat had ik wel, maar dat klonk mijzelf zo ongeloofwaardig in de oren dat ik zo nu en dan in de lach schoot. De nervositeit werd misschien versterkt doordat ik in mijn eentje tegenover twee rechercheurs zat, een man en een vrouw.

Ineke Blok was duidelijk de baas. Ze leek me een jaar of vijftig, een kleine, broodmagere vrouw die haar spijkerbroek waarschijnlijk op de kinderafdeling had moeten kopen. Ze had sluik blond haar en haar tanden stonden scheef, alsof haar hoofd in een vroeg stadium in een bankschroef had gezeten.

Haar collega was een jonge man met een bol gezicht.

'Wat dacht u toen u de schedel zag?' vroeg mevrouw Blok.

'Dat het de schedel was waarmee we vroeger altijd speelden.'

'Wat was dat voor schedel?'

'Die lag in het atelier van tante Lidewij. Er lag ook nog een hand, de hand van een skelet. Tante Lidewij gebruikte ze voor haar schilderijen. Ze had ook een houten pop die je in allerlei posities kon neerzetten.'

'Er is dus nog een tweede schedel?'

'Daar speelden we vroeger mee, want tante Lidewij schilderde geen mensen meer, alleen nog maar bloemen. Dus toen ik dat ding daar zag hangen, dacht ik gewoon... Ik dacht niks. Ik trok het gewoon los. En toen dacht ik: ik moet niet te laat voor het eten komen.'

Mevrouw Blok maakte aantekeningen.

'Ik liep ermee terug door het bamboe. Ik weet nog dat ik dacht: net of je een meloen in één hand moet vasthouden. Heel onhandig. Maar mijn andere arm had ik nodig om het bamboe van me af te duwen.'

'Viel u iets op aan de schedel?'

'Ik heb er helemaal niet naar gekeken. Ab zag dat er een barst in zat. Later realiseerde ik me dat hij de tanden van oom Friso had.'

'Ome Friso was een oom van u?'

Ik schoot in de lach om dat 'ome'.

'Nee, geen echte oom. Oom Friso en tante Lidewij waren vrienden van mijn ouders.'

'U kwam met de schedel terug naar huis. En toen?'

'Iedereen zat al. Ik dacht: ik leg hem op tafel. Dat deed ik toch maar niet. Ik legde hem zolang in een lege bloempot op het terras. Toen zei Cora dat het vogeltje dat ik bevrijd had een teken was en dat vond ik grappig, omdat het op ons spel van vroeger leek. Dus haalde ik hem uit de bloempot.'

'Waar legde u de schedel neer?'

'In de slaschaal. Die was toen al leeg.'

'En hoe reageerde iedereen?'

'Anne zei: "Pappie". Fiep begon te gillen. Ab gooide zijn servet eroverheen.'

'En wat vond u ervan dat het de schedel van ome Friso was?'

Ik veegde mijn ogen droog met de rug van mijn hand. 'Excuseer. U zegt steeds "ome" en daar moet ik om lachen. Ik vind het heel vervelend maar ik kan er niets aan doen. Kunt u misschien "oom" zeggen?'

'Wat vond u ervan dat de schedel van Friso Lanssen was?'

'Ik dacht: inderdaad, het is oom Friso.'

'En wat vond u daarvan?'

'Ik dacht: hé, verrek, oom Friso. En toen gooide Ab zijn servet eroverheen.'

Het hinderde me dat ze dezelfde vraag twee keer stelde. Interviewers deden dat ook altijd. Alsof het loutere antwoord 'ik weet het niet' ze op een belangrijk spoor zette. Als ik het de eerste keer niet wist, dan wist ik het de tweede keer ook niet en de tiende keer nog steeds niet.

Mevrouw Blok keek me peilend aan. Toen klapte ze haar notitieboekje dicht en vroeg me de plaats aan te wijzen waar ik de schedel in eerste instantie had neergelegd. Haar collega stond op en liep mee. Ik wees naar de bloempot en kreeg weer een hevige lachbui.

Die nacht wist tante Lidewij over het hek van haar bed te klimmen. Ze viel en brak haar heup. Fiep vond haar de volgende ochtend. De ambulance kwam op hetzelfde moment als de politie en de forensische dienst, wat tot verwarring leidde.

Ab belde zijn werk af en bracht een doodsbleke Anne naar het ziekenhuis. Fiep was meegereden in de ambulance.

Thijs, Cora en ik beantwoordden telkens dezelfde vragen van telkens andere agenten en toen ik wist te ontsnappen, bleek mijn tuin afgezet met linten. Twee mensen van de forensische dienst, in witte pakken, kropen als maden rond bij de plek waar ik het bamboe in gegaan was. Ook nu weer een mannetje en een vrouwtje, want bij de politie komen ze altijd in paren, net als bij de ark van Noach.

Ik liep terug naar het boswachtershuisje en hoorde daar dat tante Lidewij nu ook een longontsteking bleek te hebben.

Tante Lidewij stierf nog dezelfde dag. Volgens Cora was zij over het hek rond haar bed geklommen omdat in haar verwarde geest toch iets was blijven hangen van de terugkeer van haar man. Ook haar dood konden we hieraan toeschrijven, ze had gewacht tot hij terugkwam en toen het leven eraan gegeven.

Het klonk allemaal wat al te mooi en ik zag dat Thijs bedenkelijk keek, maar het was toch troostrijk.

Wonderlijk genoeg bracht de dood van tante Lidewij ons terug in de normale wereld. We hadden allemaal genoeg begrafenissen meegemaakt om in de gebruikelijke routine te schieten: koffiezetten, luisteren en enveloppen schrijven.

'Ab, zou jij willen helpen bij het dragen van de kist?' vroeg Anne.

'Ik wil ook wel helpen dragen,' zei Thijs.

Ik grimaste zwijgend: nee nee nee, maar dat was niet nodig.

Fiep maakte een wegwuivend handgebaar. 'We hebben al een heel stel mannen bij elkaar. Echte ooms en dan nog een handjevol nep-ooms. Oom Hans en oom Geert en oom Fred en oom Henk. Allemaal héél muzikale mannen met wie mammie in strijkkwartetten speelde. Die droegen haar op handen.'

'Dus dat kunnen ze nu nog een laatste keer doen,' zei Anne macaber.

'Bedoel je dat tante Lidewij affaires had?' vroeg Cora. 'Tante Lidewij?'

'Ach welnee,' zei Fiep wrevelig. 'Schubert spelen. En dan na afloop wijn drinken en giechelen en bij kaarslicht de ogen laten glanzen. In de vakanties brieven schrijven met veel Duitse citaten. Stiekeme ansichtkaarten, die ze op de bus deed als ze dacht dat wij het niet zagen.'

'Nou nou,' zei Ab.

'Je moeder leek me een alleraardigste vrouw,' zei Thijs.

'Aárdig.' Anne leek gefrappeerd, alsof dit denkbeeld nieuw voor haar was.

'Oooo, ik voel me zo schúldig,' zuchtte Fiep op overdreven toon. 'Jee, wat voel ik me schúldig. Ik heb toch zúlke schuldgevoelens. En daarom heb ik nu geen tijd voor jullie, hoor. Omdat ik het veel te druk heb met mijn schuldgevoelens. En bovendien moet ik zo naar de kapper. En daarna moet ik nodig weer een brief schrijven aan Piet en Hein en Klaas. Ze is eens twee weken met mijn vader weggeweest omdat ze dat zó nodig had. Wij logeerden bij tante Geraldien. Die ging met ons naar het zwembad. We werden aangereden door een dronken automobilist. Ik werd de auto uitgeslingerd en had niets. Maar Anne had beide benen gebroken, een schedelfractuur, een gebroken kaak. Ze moest wéken in een ziekenhuisbed liggen met gewichten aan haar benen, een klem om haar hoofd... Mijn ouders wisten van niets. In die twee weken hebben ze geen enkele keer gebeld. Anne had godverdomme wel dood en begraven kunnen zijn! Ze waren onbereikbaar! Onze oma kwam elke dag uit Den Haag om naast Annes bed te zitten. Anne kon niet huilen, niet praten...' Haar stem begaf het.

Ik keek naar Anne. Zou een dergelijke gebeurtenis je voor het leven veranderen? Iemand had eens gezegd dat aanleg en opvoeding allebei voor honderd procent bepalen wie we worden. Als het Fiep was overkomen zou ze geen Anne zijn geworden. Maar toch.

'En toen jullie ouders terugkwamen?' zei Thijs. 'Dat moet vreselijk voor ze zijn geweest.'

'Ik neem aan dat mijn vader het op een zuipen zette en dat mijn moeder een potje ging handenwringen en roepen hoe schuldig ze zich voelde,' zei Fiep bitter. 'Ze had gewoon geen kinderen moeten krijgen. Het was te veel, te moeilijk, ze kon het niet aan. Ze wilde een mooie jurk, een glaasje wijn, Rilke citeren en handjes vasthouden met leuke mannen. Daarom zetten we haar aan tafel ook naast jou, Thijs. Maar als we naar huis liepen kneep ze ons. Heel hard. En dan ging ze huilen en mokken en wilde ze niet naar bed. Ze had het steeds over euthanasie, maar wij moesten beslissen! Ze wilde telkens duur uit eten en dan ging ze pinnen met een pim-pam-petkaart. Ja, daar lachen jullie nou om, wij moesten er ook wel om lachen, maar dan werd ze weer woedend, begon weer te huilen... Onze oma, haar moeder, werd hónderd! Stel je voor dat dit nog eens twintig jaar geduurd had. En een geld dat het kostte. Ik zei vanochtend: "Anne, ze is toch wel echt dood?" Anne heeft nog eens goed gekeken, maar ze was echt dood. Nou kan ik een hond nemen.'

'En ik een man,' zei Anne.

Ineens begon Fiep hartverscheurend te huilen. 'O god, die arme mammie...'

Ab opende zijn sigarendoos.

'Geef mij er ook maar een; zei ik. Uitzoeken, puntje afknippen, lucifer afstrijken, sigaar mooi rond laten branden: sigaren halen het ongemak uit de stilte.

Fiep lachte door haar tranen heen en begon over oom Friso te vertellen. 'Mijn vader ging eens duiven schieten voor de soep. Er zaten hier honderden duiven in de klimop van het huis. De hele dag hoorde je ze koeren.' Ze koerde. 'Hij zei dat het schilderwerk naar de filistijnen ging door die duiven. Hij zou ze afschieten en dan kon mijn moeder er soep van maken. Duivensoep. Daar ging hij, met zijn geweer.'

'En wij hadden nog wel een dierenclub opgericht; zei Cora. 'Om de zielige dieren te redden.'

'Ik ben naar een vriendin gegaan; zei Anne.

'Pappie heeft uren staan knallen. Hij heeft er wel vijftig doodgeschoten. Aan het eind van de dag kwam hij met een heel wit gezicht binnen. Die duiven heeft hij allemaal op de composthoop gegooid.'

'Geen duivensoep; zei Ab.

'Geen duivensoep. Hij heeft ook eens staan schieten op een rat die tussen de hortensia's zat. Een enorme rat. Mijn vader vuurde een paar kogels op hem af voordat hij durfde te gaan kijken. Was het zijn eigen hoed. Helemaal aan flarden. Schenk me nog eens in. Weet je hoe pappie een gewone borrel noemde? Een nat glas. Hij dronk alleen dubbele borrels. Dat was ongeveer het enige waarmee je hem kwaad kon krijgen, als je hem een enkele borrel inschonk. Belachelijk vond hij dat.

Hij wilde leren paardrijden omdat het hem zo leuk leek dat hij dan, in jagerskostuum, met een hele troep mannen uit rijden zou gaan. Het meest verheugde hij zich op het moment van verzamelen. Hij en de mannen zouden te paard zitten en dan zou mammie met glaasjes jenever op een blad naar buiten komen. Die zouden ze in het zadel achteroverslaan en dan weggalopperen met een hele troep blaffende honden om hen heen.'

'Het klinkt een beetje of je vader een Engelse landheer wilde naspelen,' zei Thijs.

Anne knikte. 'Maar we wisten niet hoe ongelukkig hij was.'

'Oom Friso?' riep Cora. 'Die was toch niet ongelukkig?'

'Dat ijsberen altijd,' zei ik. 'En dat snuiven.'

'En dan "nog even naar het dorp met de hond".' Fiep werd boos. 'Al die uren in Het Zwaantje. Al die keren dat hij spoorloos was. Avonden, nachten.'

Ab blies een kringetje. 'Een maîtresse. Dat wil ik ook zo graag.'

Anne en Fiep schoten in de lach. 'Páppie! Een maîtresse? Geen denken aan!'

'En als het zo was, zouden jullie het dan willen weten?' vroeg ik.

'Juut, dat is bij onze vader echt uitgesloten,' zei Fiep.

'Jammer,' vond Ab. 'Misschien dat hij daarom aan de drank was. Een hardwerkende manager heeft zoiets nodig. Drank, vrouwen en sigaren.'

'Eén keer mocht hij een hele week niet drinken. Dat had te maken met het bijstellen van zijn medicijnen. Dat was kort voor hij verdween. Toen zei hij: "Sluiers vallen weg. Ik zie alles met grote helderheid."'

'Ja, dat moet je niet hebben,' zei Ab.

'Dat werk was niets voor mijn vader,' vervolgde Anne.

'Er moet nu eenmaal geld verdiend worden,' zei Thijs tactloos.

Fiep lachte hard. 'Pas op, Thijs! Nou moet Anne straks weer een extra pilletje!'

'Frans van Anraat verdiende ook zijn eigen geld,' zei ik.

'Wie? Is dat die buurman die alle bomen omzaagt?'

'Frans van Anraat verkocht grondstoffen voor gifgassen aan Saddam Hoessein. Tienduizenden doden. Maar wel zijn eigen centjes verdienen. Nu zit hij in de gevangenis.'

'Dat is wel erg demagogisch,' zei Ab. Hij blies een wijde kring en daardoorheen een kleiner kringetje.

'Dat kon pappie ook.' Fiep begon opnieuw te huilen.

De dagen voor de begrafenis was Kenny er voortdurend. Hij kleefde zich als een zuignap aan Anne vast, pakte steeds haar hand en sprak zacht en dringend, waarbij hij haar diep in de ogen keek.

Anne leek wel betoverd. Ze had een starre blik in haar ogen, een permanente frons en zodra ze Kenny losliet verloor ze haar evenwicht. Ze liep tegen kasten en deurposten op en haar kopje rammelde op het schoteltje. Thijs beweerde dat dit kwam door de schok van haar moeders dood, maar Cora en ik schudden ons hoofd. En zelfs Ab zei: 'Het is fijn dat Anne iemand naast zich heeft, maar het is een vreemde figuur.'

'Hij heeft zijn karakter niet helemaal mee,' gaf Thijs toe.

Op vrijdagochtend zaten we met z'n allen bij elkaar op de waranda van het grote huis.

'Alles is geregeld,' zei Fiep. 'Morgen om tien uur verzamelen bij de kerk. Na afloop van de dienst is er een condoleancebijeenkomst in Het Zwaantje. Als het goed is landt Noa's vliegtuig eind van de middag op Schiphol. Komen jullie eten vanavond?'

'Fiep, wordt dat niet veel te veel voor je?' vroeg Thijs.

'Het leidt me af. Ik vind het fijn als jullie komen. Kenny, jij bent natuurlijk ook van harte welkom. Zijn er dingen die je niet eet?'

Kenny ging rechtop zitten. 'Geen zuivel, vanwege het melksuiker, geen gluten,' begon hij geanimeerd, 'geen producten die familie zijn van de nachtschade en nou ja, varkensvlees was je sowieso natuurlijk niet van plan.'

'Wacht even, ik schrijf het op,' zei Fiep. 'Geen melk, geen gluten...'

'Geen suiker en chocola natuurlijk,' vulde Anne aan.

'Geen mélksuiker,' preciseerde Kenny. 'Sojamelk mag wel. Amandelmelk.'

'En je zei geen varkensvlees, maar wil dat zeggen dat je wel ander vlees mag? En kip?'

'Kip mag.' Kenny glimlachte alsof hij ons een gunst verleende.

'Dan maken we citroenkip,' zei Fiep. 'Dat was mammies lievelingseten, dus dat vind ik wel passend.'

'Nee, ik eet ook geen citrusvruchten. En ik vergat de schimmels. Paddenstoelen, blauwe kaas.'

'Zeg Kenny, hoe ben je er eigenlijk achter gekomen dat je voor al die dingen allergisch bent?' begon Thijs.

Cora en ik keken elkaar angstig aan. We kenden die toon.

'Het fluctueert,' antwoordde Kenny. 'Het is niet altijd hetzelfde. De ene keer krijg je door dat je geen tomaatjes mag en de andere keer is het juist goed voor je als je een paar tomaatjes eet.' Kenny gebruikte veel verkleinwoorden. Hij had het ook altijd over 'pitjes' en 'kleurtjes.'

'Zei je "doorkrijgen"?' vroeg Thijs, nog steeds even belangstellend. 'En hoe krijg je dat dan door?'

'Via de *touch for health*. Dat gaat via je eigen energie. Dus dat is volkomen betrouwbaar. We hebben hier in het dorp een praktijk. Die vrouw is erg goed.'

Fiep knikte haastig. 'Ja, dat is waar. Je steekt je hand uit. Die vrouw houdt bijvoorbeeld een komkommer omhoog en dan gaat je hand naar boven of naar beneden om aan te geven of je wel of geen komkommers mag. Omdat dat mens niet voortdurend emmers verse komkommers en tomaten heeft staan, werkt ze met plaatjes of met potjes met gedroogde kruiden en groenten.'

'Je kunt het ook voor iemand anders doen. Ik heb laatst Annes medicijnen getest.' Kenny glimlachte en keek de tafel rond.

Zelfs Thijs zweeg.

De klok sloeg, met lange, zilveren tonen. Twaalf uur.

De tuin trok zich van de dood niets aan. Drie dagen was ik er niet geweest, en de bonen slingerden zich de hemel in, de courgettes kronkelden tot aan het water en alle aarde was bedekt met een sappig waas. Het had bijna iets angstaanjagends zoals het groen mijn tuin verslond.

Ik zwaaide naar mevrouw Blok. We waren er inmiddels aan gewend haar rond te zien lopen. Ditmaal kwam ze recht op me af. 'Mooie tuin.'

'Tegen het leven valt niet te strijden. Het is ongelofelijk hoe snel ons werk overwoekerd wordt.'

'Ik zou je willen vragen of je mij nog een keer de plek wilt laten zien waar je de vondst gedaan hebt.'

De forensische dienst had het bamboe kort afgeknipt, zodat er een pad ontstaan was. Zelfs het dikke pak vergeelde bladeren was weggehaald.

'Ik begrijp dat dit moeilijk voor u is. Neemt u alle tijd. We doen het helemaal in uw tempo.' Ze keek op haar horloge.

'Ik ben eigenlijk verbaasd dat het zoveel opzien baart. Ik dacht: de politie lacht ons uit. Zo'n ding van lang geleden.'

'Het is nu geen vermissing meer, maar een misdrijf.'

'Een misdrijf?' Ik stond stil.

Mevrouw Blok keek een beetje schuldbewust. 'Dat had ik nog niet mogen zeggen. Ik had eerst de dames Lanssen moeten inlichten. Dat ga ik zo doen.'

De dames Lanssen. Wat klonk dat wonderlijk. Alsof we allemaal heel oud waren en van adel. Theedrinken met opgeheven pink, zoals we in *De Lorrenkoningin* deden.

Samen liepen we over de harde stoppels.

'Hier was het. Hier stond ik. Golgotha. Schedelplaats.' Ik keek om me heen. 'Die boom. Ik zou het me niet herinnerd hebben, maar nu weet ik weer precies waar ik stond.'

Ik keek naar beneden en zag de dikke wortels van de haagbeuk over de aarde liggen, als aderen op een oude hand. 'Zo stond ik. Daar hing het vogeltje en daar ongeveer de schedel.'

Rechercheur Blok knikte langzaam, meerdere malen.

Een windvlaag deed het bamboe ruisen. Ik had het ineens koud.

Zwijgend keerden we terug naar de wereld van groen en leven. Rechercheur Blok nam afscheid. Eigenlijk moest ik naar huis, maar ik verlangde naar alleen zijn.

Eén rondje wieden, dacht ik, zoals de verslaafde denkt: één glaasje. Ik liet me op handen en knieën vallen en begon koortsachtig onkruid uit te trekken. Een gedicht van Ida Gerhardt viel me in.

Zeven maal om de aarde te gaan,
Als het zou moeten op handen en voeten
Zeven maal, om die éne te groeten,
die daar lachend te wachten zou staan.

Met handen vol trok ik het knopkruid uit de grond en gooide het op het pad. Morgen zou het droog als hooi zijn. Ik zou de aarde van de wortels schudden en de verdroogde plant op de composthoop gooien.

Het zou vergaan door zon en wind, door miljoenen onzichtbare beestjes en al over een jaar zou het redelijke en over twee jaar prachtige compost opleveren. Er zouden padden in overwinteren, misschien een ringslang. Thuis had ik eens een vacht van een halve haas in mijn compost gevonden.

Een voor een kwamen de andere regels van het gedicht bij me terug.

Zeven maal over de zeeën te gaan,
kon uit de dood ik die éne doen keren.

Thijs was beter geworden, maar oom Friso kwam nooit meer terug. Tante Lidewij ook niet. Fiep had een dochter, maar wat moest Anne eenzaam zijn. Ik keek op, maar er was niemand.

◆

Ik liep het pad langs de tuinen helemaal af en zwaaide onderweg naar Zwanet, die pijprokend in haar tuin stond en me groette door een hand op te steken.

Loes zat op haar hurken tussen de tomatenranken en zag me niet. Hele dagen was ze bezig op haar tuin en het was er altijd een bende. Bij Kenny zag je hetzelfde: voortdurende drukke bewegingen en het onkruid bleef staan waar het stond. Het was me een raadsel.

Dokter Zeelenburg stond bij de vliet en keek ingespannen in het water, waar zich een wonderlijk tafereel afspeelde: een vrouwtjeseend had een levende kikker in de snavel, die zich heftig verzette door zijn vier poten wijd uit te spreiden. Keer op keer sloeg de eend met de kikker op het wateroppervlak, gooide hem omhoog en dook hem weer op. Het was een langdurig gevecht en eindigde onverwacht toen een woerd uit het riet opdook en de kikker opslokte, kop eerst.

Dokter Zeelenburg, die me niet had begroet, wees. 'En daar is het tweede mannetje, in het riet. Ziet u? Het is altijd hetzelfde: de mannetjes zitten achter de vrouwtjes aan.'

'Het satellietmannetje,' zei ik. 'Typerend voor wilde eenden.'

'Niet alleen bij eenden. Het is een universeel gegeven. Het is de natuur. En nu zult u zeggen dat het bij mensen anders is, maar nee, als een vrouw een man heeft toebehoord, dan blijft ze bij hem. Dat is de natuur. Het mannetje jaagt, de vrouw baart.'

'Of ze legt een ei,' zei ik, 'of ze schrijft een roman.'

Wanneer mannen de natuur gebruiken om menselijk gedrag te verklaren, gebeurt dat steevast met wellust en gebrek aan kennis.

'Dokter Zeelenburg, u weet dat in het bamboe de schedel van Friso Lanssen gevonden is. Nu lijkt het erop dat hij door een misdrijf om het leven is gekomen. De politie zal hier nog wel een tijdje blijven rondlopen. Ik dacht aan uw plantage. Volgens mij mag een particulier maar vijf hennepplanten hebben.'

'Een misdrijf...' herhaalde hij in gedachten. Toen werd hij weer alert. 'Dat is erg aardig van u. En u heeft gelijk. Ik ben in overtreding.' Met een schuin hoofd keek hij naar zijn veldje. 'Wilt u er vijf van me overnemen? Desnoods neem ik ze van u terug als alles is opgehelderd en de politie weer weg is. Nee?'

'Ik gebruik geen wiet en ik heb geen zin in nog meer gesprekken met de politie. Maar ik wil u wel even helpen rooien.'

'Dat is buitengewoon vriendelijk. Als u dát rijtje weghaalt, dan zet ik er wel wat eenjarigen neer. En als u het dan dáár neerlegt, dan kunnen we er altijd nog wat overheen gooien als ze komen.'

Samen trokken we de grote, zware planten uit de grond en sleepten ze naar de composthoop.

'Nu worden alle wormen stoned,' zei ik.

Dokter Zeelenburg schonk limonade in. Naast zijn ondergrondse woning stond een tafel met twee wankele stoeltjes. 'Waar had u de schedel gevonden?'

Hoe vaak moest ik dit nog vertellen? Ik deed zo kort mogelijk verslag.

'Alleen zijn hoofd?'

'Alleen zijn hoofd.'

'*U gaf het dierbaarst wat u had, uw hoofd, en bent toen heengegaan.*'

Ik was verrast. '*Zij ging bij mij vandaan, het licht van de lantaren tegen...*'

Met enige moeite kregen we het hele gedicht van Achterberg op tafel. We keken elkaar tevreden aan, als futen die elkaar lekkere hapjes geven. Ik had ineens zin in een sigaret.

'Wat was Friso Lanssen voor een man?'

'Een vriend.' Dokter Zeelenburg keek een tijdje voor zich uit en vervolgde: 'Friso Lanssen had een heel aardse en een heel spirituele kant. Bij het ouder worden nam die laatste toe, zoals meestal gebeurt. Lanssen las alle grote filosofen in hun eigen taal: Jung en Schopenhauer in het Duits, Hume en Russell natuurlijk in het Engels, Voltaire in het Frans en hij was bezig Russisch te leren om Tolstoj te kunnen lezen. Hij wilde een bedevaart naar Jasnaja Poljana maken. Lanssen leek op Tolstoj, hij ging dezelfde weg van hedonisme naar een geestelijk leven.'

'Oom Friso wilde zijn landgoed toch niet weggeven?'

'Waarom niet? Het hing hem als een molensteen om de nek. Het dwong hem tot werk waarvan hij een afkeer had en het hield hem af van zijn werkelijke interesses. Als hij langer had geleefd zou hij nieuwe wegen zijn ingeslagen. Daar was hij al mee bezig.'

'Heeft u dat na de verdwijning ook allemaal aan de politie verteld?'

'Dat weet ik niet meer. Ik neem aan van niet. Dat lijkt me allemaal nergens voor nodig.' Met enige nadruk zei hij: 'Nog steeds niet.'

'Maar u denkt echt dat hij het huis wilde verkopen?'

'Ik neem aan dat dit tussen u en mij blijft? Trouwens, de plannen om het landgoed te verlaten waren nog niet concreet. Vooral zijn oudste dochter was er fel op tegen.'

Anne? Hij bedoelde Fiep natuurlijk. Mensen dachten vaak dat Fiep de oudste was, omdat ze groter was.

Ik stond op. 'Wat doet u eigenlijk met die hennep en al die andere planten?'

'Als warmoezenier kent u vast de uitdrukking "goede buren, slechte buren".'

Ik knikte. 'Geen asperge naast de aardbeien planten en geen kool naast knoflook zetten, maar juist wel dille tussen je wortelen zaaien.' Ik zei er niet bij dat ik er nooit erg in geloofd had. Kort daarvoor had ik bij toeval gelezen dat je beslist geen pastinaken tussen de uien mocht zaaien. Mij was dat vroeger goed bevallen. Misschien werden al dat soort wijsheden eindeloos herhaald en overgeschreven omdat het mooi klonk en geen kwaad kon.

'Eigenlijk is daarvan maar weinig bewezen,' onderbrak dokter Zeelenburg mijn gedachten. 'Mij leek het boeiend om te onderzoeken hoe bepaalde planten, die bewezen giftig zijn, in de gewasbescherming gebruikt kunnen worden.'

Ik zette me schrap voor een lange uiteenzetting, maar tot mijn verrassing zei hij: 'Goede buren, slechte buren. Woedende buren. Verdrijvende buren. Gekmakende buren.'

Zou ik aardbeien in mijn mond stoppen die naast dollekervel stonden? Nee. Dat was geen bijgeloof, dat was gewoon gezond verstand.

Toen ik de tuin al bijna uit was vroeg ik nog: 'En die hennep?'

'Voor sommige mensen is iets van verzachting een noodzaak om het leven aan te kunnen. Dan is wietolie te verkiezen boven menig medicijn. Opname in een inrichting. Separeercel. En uiteindelijk zelfmoord.'

Zonder groet verdween hij zijn hol in.

Tot mijn verbazing nam Fiep Kenny's voedseleisen zeer serieus. Toen ik om vijf uur met de glutenvrije pasta kwam aanzetten had ze de hele keuken geschrobd. 'Ik had vroeger een collega die niet tegen gluten kon en die werd al ziek van één verdwaalde gluut die in het eten terechtgekomen was.'

'Maar bij Kenny is dat natuurlijk allemaal flauwekul. Hij zou er niets van merken als we hem volvette citroenkip met een heel pakje boter gaven. En als hij het wel zou merken, des te beter.'

'Mevrouw Blok was hier. Ze zegt dat ze de verdwijning van mijn vader nu opvatten als een misdrijf. Het woord 'dood' kon ze kennelijk nog niet over haar lippen krijgen.

'En wat denk jij daarvan?' vroeg ik behoedzaam. 'En hoe reageert Anne?'

Ze haalde haar schouders op. 'Het lijkt me echt onzin. Ik denk dat hij gevallen is.' Vlug klopte ze de mosterd door de olie. 'Hij was nu eenmaal een alcoholist. Dat heb ik pas heel laat begrepen. Pappie "lustte wel een glaasje", daar werd altijd nogal lacherig over gedaan. Zijn auto zat vol deuken, hij is nog eens met een onverzekerde auto van een heuvel afgerold, maar dat werd altijd als een bravourestukje verteld.'

Ze proefde van de dressing en knikte goedkeurend. 'Toen ik zeventien was kwam ik eens om vijf uur in de ochtend thuis. Ik zag iets heel vreemds: Govert liep met een kruiwagen naar onze voordeur. Hij zag mij niet en er was iets in zijn manier van doen, iets schielijks, iets heimelijks, waardoor ik me ook schuilhield. Weet je wat er in die kruiwagen lag? Mijn vader. Apelazerus. Govert moet hem ergens gevonden hebben. Hij legde mijn vader voor de deur, trok aan de bel en ging ervandoor alsof de duivel hem op de hielen zat.'

'Ach, Fiep.'

Ze knikte. 'Ik bleef daar maar staan, helemaal verlamd. Mijn moeder kwam naar beneden in haar nachtjapon met haar haren door de war en ze begon huilend aan hem te sjorren. Toen ben ik maar tevoorschijn gekomen. Samen hebben we hem in de gang gelegd. De hele tijd sliep hij door, met een verzaligde uitdrukking op zijn gezicht. Pas toen realiseerde ik me dat mijn vader alcoholist was.'

Een tijdje werkten we zwijgend door. Ik maakte een toetje van banaan en havermelk en schepte de porties in glazen coupes. Voor het effect stak ik in elke coupe een takje rozemarijn.

'Hoe zit dat toch met die dokter Zeelenburg?' vroeg ik. 'Dat vind ik zo'n eigenaardige man.'

Fiep lachte weer zo vreugdeloos. 'Dokter Zeelenburg heeft een grote reputatie. Wist je dat hij ook boeken geschreven heeft? Over engelen, en over de kwade straling van de magnetron. Over zijn zus die al voor de oorlog in een inrichting zat. Eerst bij de nonnen, later bij die malloten van de antipsychiatrie. Hij heeft als een leeuw gevochten voor een menswaardig bestaan van psychiatrische patiënten. Maar ja, dan was hij ook ineens weer tegen fluor in de tandpasta, wat toch echt heel goed hielp. Dokter Zeelenburg was heel lang onze dokter, tot ver na zijn pensioen. Hij was ook een vriend van mijn ouders. Ik wou dat Anne naar hem toe ging. Ik maak me zo'n zorgen.'

'Zal ik eens met haar praten?'

Ze haalde haar schouders op. 'Je kunt het proberen. Maar ze is terug in de som. Dat gebeurt af en toe. Dan springen haar hersenen terug in de rekenmodus en probeert ze iets kloppend te krijgen wat niet klopt.'

'Iets kloppend te krijgen wat niet klopt,' herhaalde ik. 'Mooi gezegd.'

Ik zette de coupes in de vriezer. Fiep keek in de oven en knikte goedkeurend.

'Anne heeft eens uitgerekend wat ze eigenlijk aan huur zou moeten betalen voor haar huisje hier. Onze moeder ging in die tijd heel hard achteruit. Ze probeerde via het medicijnkastje in de keuken te komen, ze stak de stekker van de strijkbout in het sleutelgat en op een ochtend vond ik haar toen ze naakt door de badkamer kroop, huilend en in paniek, vluchtend voor de gloeiende straal uit de kronkelende doucheslang.

Anne moest uiteindelijk hele dagen oppassen en dat werd haar te veel. Ze ging de som weer maken in haar hoofd, ze raakte helemaal de kluts kwijt. Dat is iets afschuwelijks, zo'n psychose. Ik zocht betaalde oppas. Maar toen vond Anne dat ze mij meer huur moest betalen, omdat ze niet langer inwonende oppas was, maar een gewone huurder die een enkel keertje oppaste. Zonder dat ik het wist, had ze iemand van de huurcommissie laten uitrekenen wat een eerlijke huurprijs zou zijn. Die man kwam geloof ik uit op het honderdvoudige van haar uitkering. Toen is Anne vreselijk in paniek geraakt. Ze is op een dag naar Scharrewijk gefietst om een flat te bekijken die ze, met toeslagen en huursubsidie, net zou kunnen bekostigen. Het was een jarenzeventigflat met op elk balkon een rokende buitenlander onder een schotelantenne. De hal stonk vreselijk naar pis. En de man die haar rondleidde zei in het keukentje ineens: "Als jij je tong nou heel diep in mijn keel steekt, helemaal tot je niet verder kunt, zet ik je boven aan de lijst." Anne viel flauw. Ik moest haar komen ophalen met de jeep. De fiets hebben we achterin gegooid.'

'Grote god,' zei ik.

'We vonden een non voor mijn moeder. Een Ghanese non, dat was geweldig. Maar ze ging dood en daarna waren de nonnen op, je kunt ze niet meer krijgen tegenwoordig.'

Om halfzeven keken we samen door het ruitje van de oven. De kip had een volmaakt goudbruin korstje.

'Had ik er net tóch nog bijna een plakje spek op gedaan. Je moet enorm uitkijken.' Fiep goot de pasta af, zette de pan terug op het fornuis, sneed een klont boter af en legde die erbovenop.

Ik dacht snel na. We hadden geen andere glutenvrije pasta meer. Brood of crackers konden we Kenny evenmin voorzetten, want daar zaten ook gluten in.

Fiep bleef geconcentreerd roeren. Alle moeite die ze had gedaan, alles voor niks.

'Breng jij de kip naar de waranda, dan kom ik met de rest.' Vlug deed ik twee handen peterselie en een paar scheppen daslookpesto door de pasta om de botergeur te maskeren. Kenny zou er natuurlijk niets van merken.

Zelden ontmoeten we een mens die louter onaangenaam is. Kenny was de uitzondering. Alles aan hem was onplezierig: zijn uiterlijk, zijn stem en zijn conversatie. Hij schroomde niet om bij elk gespreksonderwerp te zeggen: 'Dat interesseert me eigenlijk niet,' alsof hij ons daarmee unieke kennis verstrekte. Ab begon over auto's, maar auto's interesseerden hem niet. Toen Ab inschikkelijk overstapte op fietsen, bleken die hem evenmin te interesseren. Cora vertelde over de opera die ze aan het bewerken was, maar nadat hij met een flauwe glimlach gezegd had: 'Muziek interesseert me eigenlijk niet,' bleef ze alleen nog met starende ogen voor zich uit kijken.

Niettemin bleek Kenny te beschikken over sterke meningen betreffende allerlei onderwerpen, die hij met zachte, dringende stem diverse malen herhaalde. Politiek interesseerde hem weliswaar niet, maar politici zouden meer naar de bomen moeten kijken. Politici maakten zich echter te druk over geld en macht. Dat interesseerde hem, Kenny, niets. Hij luisterde naar de natuur en naar zijn lichaam.

Terwijl hij ons dit uitlegde, schepte hij zich voor de derde maal op. Hij strooide opvallend veel zout over zijn eten.

'Hoe denk je over zout, Kenny?' vroeg Ab.

Even vreesde ik dat hij zou zeggen dat zout hem niet interesseerde, maar dit bleek juist iets wat hem zeer ter harte ging: 'Onze hersenen drijven in zout water. We moeten dus heel veel water drinken en veel zout eten.'

'En wijn,' zei Fiep, 'veel wijn drinken.'

Het enige sympathieke trekje van Kenny was misschien dat hij met graagte wijn dronk. Ik stelde me ineens voor hoe leuk het zou zijn als hij na afloop van het diner een sigaar opstak in de tuin. Misschien had hij net doorgekregen dat hij veel sigaren moest roken.

'Wat zit je te lachen, Juut?' vroeg Fiep.

'Ik dacht aan Zwanet. Een merkwaardig mens, ze lijkt wel een Indiaan met haar gelooide huid en die pijp.'

'Ze schijnt vroeger heel mooi te zijn geweest,' zei Fiep. 'Het was de dorpsschone. Later is ze zo verhout. Ze moest al op haar veertiende van school en mee-helpen in de kroeg. Ze ging de moedermavo doen en is rechten gaan studeren. Toen is ze zich ook Zwanet gaan noemen, hoewel ze eigenlijk Zwaantje heet, naar de kroeg van haar vader, hier in het dorp.'

'Zwaantje,' zei Cora, 'wat een leuke naam. Veel leuker dan Zwanet. Zwanet, bespottelijk gewoon.'

'Ja, dat vond mijn moeder ook,' zei Fiep. 'Die bleef haar altijd Zwaantje noemen. Zwanet deed dan weer of ze haar niet hoorde. Die twee hadden een bloedhe-kel aan elkaar. Daar kwam bij dat er tijden waren dat mijn moeder elke avond naar het dorp moest rijden om mijn vader uit de kroeg te halen. Dan stapte mijn moeder weer huilend in de auto, moest ze in Het Zwaantje bidden en smeken om mijn vader mee te krijgen, en riep Zwanet: "Doe toch niet zo ongezellig, neem ook een borrel!" Dus het boterde niet erg tus-sen mijn moeder en Zwanet.'

Bij het woord 'boteren' keek ik tersluiks naar Ken-ny, die met smaak zat te eten. Hij vertoonde nog geen tekenen van vergiftiging.

'Haar achternaam is Bettensleek,' zei Fiep. 'Ook al zo ongelukkig.'

Hier dachten we allemaal in stilte over na.

'Sinds mensenheugenis heet dat café Het Zwaantje, zei Anne. 'Er stond een witte zwaan op de muur geschilderd, maar die was bijna helemaal afgebladderd. Zwanet heeft Govert toen gevraagd het opnieuw te schilderen. Govert ontdekte dat de verhoudingen helemaal niet klopten. Hij heeft alles afgestoken en een heel nieuwe zwaan geschilderd.'

'Stomme Govert, zei Fiep en ook Cora riep direct: 'Wat zonde!'

'Waarom denken we altijd dat het oude beter is?' vroeg ik. 'Misschien is deze zwaan wel veel mooier.'

'Jonge mensen zouden veel meer naar oude mensen moeten luisteren, zei Kenny, die eindelijk uitgegeten scheen te zijn. 'Bij oude mensen zit zoveel wijsheid. Daar is een enorm potentieel aan kennis aanwezig. Daar zou de wereld veel meer mee moeten doen. Maar ja, jonge mensen zitten allemaal op hun smartphone.'

Zou Kenny vinden dat hij bij de oude mensen hoorde? Hij keek rond en liet zijn blik rusten op Thijs. 'Thijs, bijvoorbeeld, heeft veel gevoel voor de natuur. Daar zou hij veel mee kunnen doen. En ook Anne heeft een heel eigen, vanzelfsprekende kennis van alles wat groeit. Wat zou het prachtig zijn als we al die kennis samenbundelden in een project waarin we jonge mensen dichter bij de natuur brachten.'

'Kenny denkt weleens aan dat stuk achter het koetshuis, zei Anne. 'Daar zouden we een kruidentuin kunnen beginnen.'

'En wie zijn "we"?' vroeg Fiep.

Kenny en Anne wierpen elkaar een vlugge blik toe.

'Zullen we het daar een andere keer over hebben?' stelde Anne voor.

'Nou nee,' zei Fiep. 'Dat zou ik nu wel graag direct willen horen.'

'In de toekomst denken Anne en ik aan trouwen,' zei Kenny. 'Wat zou het prachtig zijn als wij ons deel van het landgoed op een manier kunnen inrichten die voor veel meer mensen iets betekent in hun leven.'

In een visioen zag ik de toekomst van het landgoed. In het midden van het huis zou een muur verrijzen, dwars door de tuin, tot zo ver het oog reikte. Aan de ene zijde woonde Fiep, aan de andere kant legde Kenny met een groep nietsnutten een tuin aan waarin zevenblad, duizendknoop en brandnetels hoog zouden opschieten. Het huis zou terugkeren naar de chaos waarin het lang geleden verkeerd had, toen het een kunstenaarskolonie was geweest. Fiep en Anne zouden ten onder gaan. Tegen Kenny was geen kruid gewassen. De slappe krachten zouden zeker winnen in het eind. Alleen de strook tuinen aan de vliet zou blijven zoals het was: een eiland van aangeharkte aarde in een oceaan van braam en brandnetels. Misschien moest ik nog een jaar bijtekenen, juist om een deel van het landgoed te behoeden voor verval.

De deur werd opengegooid.

'Noa!' Fiep stond zo wild op dat haar stoel achteroverkukelde en ze viel haar dochter snikkend om de hals.

Ik had me bij een rugbyspeelster een reuzin voorgesteld, maar Noa was slechts iets groter dan haar moeder. Ze had halflang blond haar en iets schuin-staande, donkere ogen. Pas toen ze de tafel rondging om ons allemaal een hand te geven zag ik hoe gespierd ze was.

Kenny trok vanonder zijn stoel een jeneverfles met een half afgescheurd etiket tevoorschijn. 'Welkom thuis, Noa!' Hij glimlachte. 'Ik heb een fles zelfgemaakte vlierbessenwijn. Er zit voor iedereen net een klein glaasje in.'

Hij goot het donkerpaarse goedje in onze glazen en we klonken.

'En nu het toetje!' riep Fiep. 'Juut?' Ze pakte mijn hand en trok me mee. Met de armen stijf om elkaar heen liepen we de gang door. Ik sloot de keukendeur en keek haar aan. 'Leuke dochter heb je. Maar die Kenny...'

'We hadden hem moeten vergiftigen.'

'Je hebt je best gedaan. Je hebt een kwart pakje boter in de pasta gegooid.'

Fiep schrok. 'Echt waar? Moeten we het zeggen?'

'Ben je gek? Die vent mankeert niks.'

We zetten de ijscoupes op een blad en liepen terug naar de waranda.

'Melksuikervrij ijs,' kondigde Fiep aan.

'Dat laat ik even passeren,' zei Ab. 'Mag ik een sigaar opsteken?' Hij hield de lucifer al bij het puntje van zijn sigaar.

'Liever niet,' zei Kenny.

Fiep zette de ijscoupes neer. 'Van mij mag het,' zei ze luchtig.

We keken allemaal naar Anne. 'Het doet me aan pappie denken.' Ze begon zachtjes te huilen.

Ab streek zijn lucifer af. Wij herademden. Nog niet alles was verloren.

◆

Door het donker liepen we terug naar ons huisje. Het wit van onze kleren lichtte op in het maanlicht. We liepen langzaam, behalve Cora, die zich opwond. 'Wat een vreselijke vent! Wat zíet Anne in hem? Hij trouwt haar alleen om het geld.'

Zoals gebruikelijk begonnen de mannen haar tegen te spreken en zeiden dingen waar ze het onmogelijk zelf mee eens konden zijn, zoals 'je weet het niet', 'we kennen hem nog niet werkelijk' en 'misschien valt het mee.'

Cora werd er alleen maar bozer van en zei dat Kenny gestopt moest worden. Daarop zeiden de mannen dat dit niet kon, waarna ze zo kwaad werd dat ze uitriep: 'Juut, wat vind jij ervan?'

'Ik vind dat je helemaal gelijk hebt.'

Ze knorde tevreden, vertraagde haar pas en zei: 'Kijk, die maan.'

We keken. Er klonk een zacht tikken, als van lichte regen: de uitgebloeide bloempjes van de wingerd vielen op de bladeren.

We hoorden de bosuil. Hij hoorde ons ongetwijfeld ook. Over onze wereld heen stond die van de vogels, de planten en de insecten. Levende wezens die ons zien als wij hen niet zien, die naderbij komen of vluchten, zonder mening of oordeel.

Tot onze verrassing was Koos tijdens de uitvaart ook in de kerk aanwezig. Hij zat naast Zwanet. We knikten besmuikt en verheugd terwijl we door het midden-pad naar voren liepen, want Fiep had ons gevraagd op de tweede rij plaats te nemen. Ik zag Govert, Guusje, dokter Zeelenburg, iedereen van de volkstuin was gekomen. Mevrouw Blok was er ook. We gingen achter Kenny en Anne zitten. Ik keek Kenny precies in zijn dunne, vervelende nek.

De bankjes waren hard en ondiep. Ik was eens met een vriendin op retraite geweest naar een vrou-wenklooster waar elke krul van het oude interieur was afgezaagd, omdat dat maar afleidde van de weg naar God. Plompe, eikenhouten jarenvijftigmeubelen stonden zwaar in de kale kerk. Ik kreeg direct koorts en werd door moeder-overste met de eerste de beste bus terug naar huis gestuurd.

Mode staat haaks op religie.

Daar stond de kist. Het zou geen zware kist zijn: tante Lidewij was zo'n tenger vrouwtje geweest.

Fiep nam het woord. Ze droeg een donkerpaars pak en om haar nek een zilveren ornament dat deed denken aan een slagroomklopper. Het zag er indruk-wekkend uit.

'Vandaag begraven we onze moeder, Lidewij Lans-sen-Duivenvoorde. Er zal natuurlijk muziek zijn, u hoorde net al even het dubbelconcert van Bach, dat mijn moeder vaak met oom Felix speelde. Het was erg moeilijk voor mijn moeder toen ze acht jaar geleden merkte dat ze geen viool meer kon studeren. Ze is toen piano gaan spelen. Urenlang zat ze achter het klavier en speelde wat met één vinger. Zelf dacht ze dat ze Schubert speelde. Misschien dat zij Schubert hoorde in gedachten. De laatste jaren waren heel zwaar voor mijn moeder. Maar er zijn ook goede jaren geweest. Daar gaat oom Dick nu over vertellen. Waar is oom Dick? O, die is er nog niet. Oom Felix? Wilt u dan als eerste wat zeggen?'

Een brede man liep kwiek het middenpad door en ging achter de microfoon staan. Hij had een rossige baard en droeg een vuurrood overhemd dat over zijn spijkerbroek hing. Hij had er zin in.

'Ik denk dat ik wel kan zeggen dat ik Lidewijs oudste vriend ben. We kenden elkaar al van het studentenorkest, en daarna zijn we elkaar nooit uit het oog verloren. Het was een bijzondere vriendschap. Lidewij koos Friso en ik trouwde met Annemarieke, later Hannie en uiteindelijk Femmie, maar de vriendschap tussen Lidewij en mij verdiepte zich alleen maar. En we hielden ons verstand erbij, al was dat, tijdens toerneetjes naar het buitenland, en na een paar glaasjes, niet altijd even makkelijk...'

Fiep stond met een onbewogen gezicht aan de zijkant. Paars stond haar goed.

'De laatste jaren ben ik gaan zingen. De piano had nog zo weinig geheimen voor me dat het geen uitdaging meer was. Lidewij steunde me in deze keuze en stimuleerde me. Samen zongen we vaak "*Bei Männern, welche Liebe fühlen*", u kent het allemaal, uit de prachtige opera *Die Zauberflöte* van Mozart. Als ode aan Lidewij ga ik dat nu zingen.'

Hij ging achter de vleugel zitten en wreef zijn handen warm. Een wonderlijke keuze om een liefdesduet in je eentje te zingen. Cora, naast me, schoof onrustig op haar stoel. Ze had dit lied samen met Ab op mijn bruiloft gezongen.

Enkele seconden zweefden Felix' handen boven het klavier. Toen sloeg hij toe. Raak. Maar zijn stem was licht en onvast, als een vlinder in de storm.

Bei Männern, welche Liebe fühlen,
Fehlt auch ein gutes Herze nicht.

Ik was altijd diep onder de indruk van misplaatst zelfvertrouwen. Misschien hoorde hij iets heel anders dan wij, zoals tante Lidewij Schubert hoorde in haar eenvingerig zoeken over de toetsen. Ik keek naar Fiep. Ze tuurde met opgetrokken wenkbrauwen naar een wandkleed waarop Maria ten hemel voer op een bruingele wolk.

'Straks komen de coloraturen,' zei Cora tussen haar opeengeklemde kaken, terwijl ze strak voor zich uit bleef kijken. 'Hoge b.'

Wir wollen uns der Liebe freuen,
wir leben durch die Liebe allein.

Voelde Felix de coloraturen ook naderen? Zijn handen kwamen van steeds groter hoogte op de toetsen neer. Zijn gezicht was vuurrood.

Mann und Weib, und Weib und Mann,
Reichen an die Gottheit an.

Nu gingen we omhoog. Felix nam een hoorbare ademteug en spiraalde omhoog. Zelfs Cora haalde deze finale noot niet, die moduleerde het hele stuk een toon lager.

'A-ha-ha-ha...'

Cora begon zachtjes te schudden. Ik schoof opzij, maar het schudden bleef voelbaar. Telepathie misschien, of geleiding door de bank.

Felix' stem brak halverwege maar hij speelde door, improviseerde een paar maten op het klavier en begon opnieuw aan de weg naar boven, nu een octaaf lager. De bank begon heviger te schudden. De slagroomklopper op Fieps borst ging zichtbaar op en neer. Ik keek strak naar Maria op haar gele wolk.

Zelfs vanuit de diepte van het berengegrom waaruit Felix was opgestegen was het slot nog te hoog en wist hij het einde slechts schreeuwend tot een vals en piepend einde te brengen. Achter mij hoorde ik de kerkdeur dichtvallen. Vluchtte daar iemand?

Felix bette zijn voorhoofd en stond op met een tevreden glimlach. Hij maakte een kleine buiging. Thijs' hand om mijn pols weerhield me er nog net van te gaan applaudisseren.

Fiep stapte naar voren. Haar stem klonk een beetje hees. 'Dank u wel, oom Felix. Ik zie dat oom Dick net binnenkomt. Oom Dick, wilt u meteen spreken?'

Oom Dick had een innemend, professoraal uiterlijk. Hij greep de microfoon uit de standaard, tikte ertegen, keek de zaal in en sprak: 'Precies vierendertig jaar, twee maanden, drie dagen en vier uur geleden beleefde ik het mooiste en pijnlijkste moment van mijn leven.'

Een goed begin. Dat vond hij zelf ook.

'Het was in Zürich. Ik stond aan de rand van de Zollikerstrasse. Wie Zürich kent weet waarover ik het heb. Van links en rechts kwam een onafgebroken stroom auto's.'

Hij keek naar links en hij keek naar rechts.
'Toen keek ik recht vooruit.'
Ook dit deed hij voor.
'Aan de overkant van de straat stond een vrouw. Wat een mooie vrouw, dacht ik nog. En toen herkende ik haar. Lidewij!' Oom Dick schreeuwde het uit en strekte zijn arm.

Tante Lidewij had blijkbaar een voorliefde voor uitslovers gehad. Vals zingen was tot daaraantoe, maar slecht acteren moest verboden worden. Slecht acteren was eigenlijk dubbelop. Zichtbaar acteren was al een gruwel.

'Ik wilde op haar afrennen, maar de stoep was hoger dan gedacht. Daar lag ik, op straat, met een gebroken enkel. Dames en heren, vrienden en familie van Lidewij, ik had het ervoor over. Lidewij boog zich over mij heen. De vonk sprong direct weer over. De muzikale vonk, natuurlijk. Over andere vonken zullen we het hier niet hebben.' Hij keek schalks. 'In het ziekenhuis dachten ze dat we man en vrouw waren en dat lieten we voor het gemak maar zo. De rest van ons leven zou dat een stiekem geheimpje blijven...'

Stiekem geheim. Ook al dubbelop.

Nadat oom Dick was uitgepraat, zong Cora 'Dido's Lament' van Purcell. Noa stak een kaars op en daarna kwam oom Hans.

Oom Hans leek wel wat op oom Felix, ook hij droeg een ruimvallend, bontgekleurd overhemd. Hij bladerde door zijn toespraak en begon onzeker aan de eerste zin. 'Lidewij was een bijzondere vrouw met wie ik een bijzondere vriendschap had.' Hij keek op, vouwde zijn toespraak op en zei: 'Daar zal ik het maar bij laten.'

Tijdens de bijeenkomst in Het Zwaantje zag ik Koos weer.

'Wat staat hij toch steeds bij Zwanet,' zei ik tegen Fiep. 'Kennen die twee elkaar?'

'Dat mag ik hopen.' Ze zocht iets in haar tas. 'Het is zijn moeder. Wist je dat niet? Hoe vond je oom Hans? Ik vond zijn toespraak eigenlijk nog de beste. Wat een geluk dat oom Eus in Australië zit. Hij heeft me een heel pak brieven gestuurd die mijn moeder hem de afgelopen veertig jaar geschreven heeft. Die moeten beslist uitgegeven worden, volgens hem. Ze zijn van een hóóg literair gehalte.'

De mensen van de volkstuin stonden in een groepje bij elkaar. Ik stelde Thijs voor aan Govert, aan Guusje en haar man, aan dokter Zeelenburg en aan Zwanet. Koos kwam aanlopen en gaf haar een glas bier.

'Zwanet is de moeder van Koos,' zei ik tegen Thijs.

Thijs' gezicht lichtte op. Hartelijk zei hij: 'Bent u de moeder van Koos? Dan heeft u een heel begaafde zoon!'

Koos schrok zo hevig van deze uitspraak dat hij een stap opzijzette en hard met zijn hoofd tegen de punt van een koperen plantenbak stootte. Zijn glas viel met een klap in scherven op de grond en het bloed liep over zijn voorhoofd.

Zwanet gierde van de lach.

Koos streek met zijn hand over zijn hoofd en keek verdwaasd naar de rode veeg bloed.

Nog altijd stond Zwanet te gillen van de lach. Ze stampte ritmisch op de grond, net als toen ik aan Guusje gevraagd had of ze de vriendin van Kenny was. Mensen keken verbaasd toe. Zelfs Ab stond even te kijken voordat hij zijn hand op Koos' schouder legde en hem wegvoerde.

•→

De opwinding van de begrafenis was voorbij. Het mysterie rond oom Friso hield ons weer bezig. Hij was in de woorden van mevrouw Blok 'omgekomen door een slag met een scherp voorwerp'. Er verscheen een stukje in de *Bode van Voorden*. Op de tuin was ik er een paar keer over aangesproken, maar ik wist niets meer te zeggen dan dat ene zinnetje: 'Omgekomen door een slag met een scherp voorwerp'.

'Vermoord dus', zei Cora. 'Ik kan het niet geloven.'

Ik ook niet. Oom Friso, met zijn goedmoedige, ronde gezicht, zijn pretogen en zijn pijp. Zou hij niet op een heel ongelukkige manier gevallen kunnen zijn? Stel dat hij dronken in de vliet was gevallen, met zijn hoofd op een stuk glas of beton.

Ab en Thijs begonnen gewichtig over forensisch bewijs en wetenschappelijke methoden die tegenwoordig volledig betrouwbaar waren.

'Dat begrijp ik wel', zei Cora. 'Maar oom Friso… Weet je nog die rookkringetjes die hij maakte, Juut?'

'En iemand die rookkringetjes maakt, kan niet vermoord worden?' vroeg Thijs op zijn meest redelijke toon. Hij ging er eens goed voor zitten.

Een nadeel van Thijs' herstel was dat hij telkens met Cora in discussie ging. Meestal ging het over kabouters. Ab en ik probeerden van alles om hen ervan af te houden, we hadden zelfs straffen gezet op het noemen van het woord 'kabouter', maar Cora en Thijs verstrikten zich keer op keer in het onderwerp, dachten met nieuwe argumenten en bewijzen te komen en merkten niet dat ze telkens dezelfde wegen bewandelden.

Ik had Thijs gesmeekt erover op te houden. Wat maakte het uit dat Cora geloofde dat er vroeger kabouters hadden bestaan? Ze deed er niemand kwaad mee.

Toen kreeg ik de hele storm over me heen. Cora moest begrijpen dat de door haar aangevoerde bewijzen geen bewijzen waren en haar argumenten niet deugden.

'Maar waarom dan?' riep ik wanhopig. 'Niemand heeft er last van, behalve jij.'

Het werd onze eerste ruzie. We negeerden elkaar de hele dag en zeiden aan tafel slechts het hoognodige. Thijs ging al om negen uur naar bed. Ik volgde een halfuur later, kleedde me uit in het donker en schoof naast hem. Ik pakte zijn grote, stevige hand en legde die op mijn borst. We maakten het goed, op een manier die ik na het hartinfarct niet meer voor mogelijk had gehouden.

-●

'Zo', zei Ab toen Thijs en ik de volgende dag met rozige gezichten beneden kwamen. 'Dat is weer in orde tussen jullie.'

'Meer dan dat,' zei Thijs en hij kuste mijn hand.

Alweer scheen de zon, alweer was daar de manke merel en alweer was daar Koos, die we een paar dagen niet gezien hadden. We begroetten hem met zoveel vreugdekreten dat hij er verlegen van werd. Hij ging naast Thijs zitten en pakte een map vogelfoto's uit zijn tas. Thijs schoof zijn pillendoos opzij.

Koos legde een foto neer. 'Weet je wat dit is?'

Ik keek over Thijs' schouders en wierp een vluchtige blik op Koos' hoofd. Door zijn stevige krullen was niets meer van bloed te zien.

'Een juveniele fitis?' vroeg Thijs.

Zodra Koos met foto's aankwam van grauwe vogeltjes met vochtige donsveertjes en Thijs en hij begonnen over 'juveniel' en 'eclipskleed,' haakte ik af.

'Wat denk jij, Judith?'

Ik begon te lachen. 'Nee, Koos, zonder kleur doe ik niet mee.'

'Ze discrimineert,' zei Thijs.

'Ik selecteer. Ik beperk me tot adulte mannetjes in zomerkleed. Daarom ben ik ook met jou getrouwd.'

'En nu de foto's weg,' beval Cora. 'We gaan ontbijten.'

In de verte hoorden we het lachen van de groene specht. Zelfs Ab herkende het geluid nu. Thijs en ik hadden ons in het begin van de vakantie verbaasd over het gebrek aan kennis van Ab en Cora. Ze konden nog geen kauw van een kraai onderscheiden.

Het gesprek kwam op analoge camera's versus digitale, en uiteindelijk natuurlijk toch weer op de geheimzinnige dood van oom Friso. Het bleek dat Koos hele-maal niet wist van de vondst van de schedel.

Hij schrok hevig, greep een pannenkoek van de stapel en propte die volledig in zijn mond, alsof hij een fles wilde dichtstoppen. Zenuwachtig begon hij te kauwen, ons wanhopig aankijkend. Hij verslikte zich, begon te hoesten, stond op en ging achter een boom staan.

'Doe maar rustig, Koos,' riep ik. Zachtjes zei ik te-gen de anderen: 'Laten we maar gewoon doen of hij er niet is.' En op luidere toon: 'Een pannenkoekje, Cora?'

We dronken koffie en converseerden alsof Koos daar niet stond te snuiven en te snikken. Langzaam nam het volume af. Hij hikte nog een paar keer na, veegde zijn ogen droog en kwam weer bij ons zit-ten.

'Nou, Koos, dat was een hele schrik.' Ab nam hem onderzoekend op.

Koos lachte zenuwachtig. Hij keek naar Thijs' pil-lendoos. 'Zitten er ook kalmeringstabletten bij? Of slaappillen? Daar word ik altijd zo lekker rustig van. Mijn moeder verstopte ze vroeger tussen haar onder-goed, maar ik vond ze altijd. Altijd! Een keer betrapte ze me en toen keek ze me zo raar aan en ze zei: "Koos, weet je dat je niet mijn zoon bent? Op een dag lag je gewoon op het tuinpad." Ik was er kapot van. Maar het was een grapje.'

'Wat een raar grapje,' zei ik.

'Nou ja, ze wilde gewoon geen kinderen,' zei Koos vergoelijkend. 'Ze had geen man, moet je denken. Dus het kwam ook erg slecht uit. Ik lijk op mijn vader, zegt ze altijd. Dus dat moet een grote loser zijn geweest.'

'Maar Koos, wat bedoelde je met die pillen?' vroeg Thijs. 'Bedoel je dat je als kind de pillen van je moeder, innam?'

'Ik probeerde altijd om rustig te worden. Weet je waar ik ook zo lekker rustig van werd? Van sjoelen. Ik was helemaal gek van sjoelen, ik kon niet meer ophouden. Ik sjoelde ook 's nachts. Mijn moeder zei: "Koos, als je vóór zeven uur 's ochtends gaat sjoelen, hak ik de sjoelbak in stukken." Maar ik kon het niet laten. En toen heeft ze de bak met een bijl aan splinters geslagen. Ze had gelijk. Ik was totaal verslaafd.'

Na het ontbijt ging ik naar mijn tuin. Ik nam de korte weg, door het bos langs de andere tuinen. Thieu had gezegd dat vroeger het tuinhek 's nachts op slot ging. Dat zou betekenen dat oom Friso vermoord was door iemand die zich overdag op het terrein bevond, of dat iemand het hoofd over het water in het bamboe had gegooid. Er was verder niets meer van hem gevonden. Ook zijn trouwring niet. Het bamboebos was het laagst gelegen deel van het landgoed en had verschillende malen onder water gestaan. Ik stelde me voor hoe het water was teruggevloeid naar de vliet en telkens restjes meegevoerd had, naar de rivier en uiteindelijk naar zee. Als de schedel niet in het bamboe was vastgeraakt zouden we nooit geweten hebben wat er met oom Friso gebeurd was. Dat was tenminste een kleine troost.

Ik had Fiep gevraagd of oom Friso misschien vijanden op zijn werk had gehad, maar dat had ze weggewimpeld. Hij had gewoon een managersfunctie, niets bijzonders. En hij rommelde weliswaar met aandelen en bv's, maar daar had hij vooral zichzelf mee gedupeerd. Er waren ook geen buitenechtelijke relaties of kinderen geweest. En ze voegde eraan toe dat er indertijd, toen het nog om een verdwijning ging, onderzoek naar al die dingen gedaan was en daar was niets uitgekomen.

Waarom vermoordde je iemand? Om geld, om liefde, om wraak. Het kon natuurlijk een vergissing zijn geweest. De laatste tijd ging het in de kranten vaak over 'vergismoorden'. Misschien was het toeval geweest. Iemand had verteld dat er weleens illegale Polen op de tuin waren gekomen. Ze hadden aardappelen uit de grond getrokken, soep gemaakt op het campinggasje van Govert, hadden zich lam gezopen aan wodka en waren toen tegen elkaar aangekropen onder een stuk afdekzeil, waar Govert ze de volgende dag bij het ochtendgloren gevonden had. Misschien had een of andere dronken armoedzaaier oom Friso de schedel ingehakt, was hij gevlucht en wist hij niet eens meer dat hij ooit een misdaad gepleegd had.

Ik sloeg een paar keer met vlakke hand op het deurtje van Thieus tuin, riep: 'Ik kom eraan!' en liep zijn tuin op. Thieu zat bij het water en tuurde in het riet naar een paartje wilde eenden.

'Hoe is het met de kleuren?' vroeg ik.

'Groener wordt het niet.' Hij glimlachte. 'Dat zei mijn vader vroeger altijd als we bij een stoplicht stonden.'

Ik ging naast hem zitten. 'Groener dan het groen van een wilde eend is niet mogelijk. Maar we weten natuurlijk niet of jij en ik hetzelfde groen zien. Ik wilde je iets vragen. Ik loop na te denken over de moord op oom Friso. Jij zei dat het hek vroeger op slot was. Betekent dat dat de moordenaar hier op het terrein moet zijn geweest? Dat zou een aanwijzing kunnen zijn met betrekking tot het tijdstip van de moord.'

Thieu lachte een beetje gedwongen. 'Je praat precies als de politie. Ik heb de pest aan politie. Zo'n vijfentwintig jaar geleden ben ik doorgezaagd over de verdwijning van Lanssen en nu begint de hele ellende opnieuw.' Hij stond op en haalde een bijna leeg pakje shag uit zijn broekzak. 'Mijn rantsoen voor deze maand, bijna op. Weet je wie ook zo de pest aan de politie had? Mevrouw Polak. Die weigerde tegen de agent te zeggen waar ze woonde. Ja, maar dat was nodig omdat ze een oproep zou krijgen om op het bureau te komen. "Dat bedoel ik!" zei ze. "U gaat me op een lijst zetten en oproepen. Ik heb in Auschwitz gezeten. Ik wil nooit meer op een lijst en ik laat me nooit meer oproepen." Toen hebben ze haar op de tuin ondervraagd.'

'Goed zo,' zei ik. 'Dan kun je nog wel eens trots zijn op je land. Als je beschaafde politie hebt. Beter dan het songfestival winnen. Maar dat hek, hoe zat dat nou?'

'Ik weet niet meer tot wanneer dat was. Op een dag kregen we gewoon allemaal een sleutel. Dat was natuurlijk veel makkelijker. Anders moest je altijd maar wachten tot je werd opengedaan door dokter Zeelenburg of Govert.'

'Dus Govert had ook een sleutel!'

'Ik heb de pest aan afhankelijkheid en helemaal als ik afhankelijk ben van Govert.' Het gesprek leek hem niet te bevallen.

'Als ik je morgen een pakje sigaretten geef mag ik er dan nu ook eentje?' vroeg ik.

'Ik hou niet van sigaretten, alleen hiervan.' Hij pakte zijn shag weer en rolde met de laatste flintertjes zo'n dun sigaretje dat het meer vloei dan tabak was. 'En je moet me ook geen shag geven, want ik mag maar één pakje per maand.'

Even zaten we zwijgend samen te roken. Het werkte, zoals ik gehoopt had, verbroederend.

'Ik ben eigenlijk erg op Govert gesteld,' begon ik weer. 'Het heeft iets rustgevends dat hij er altijd is.'

Daar reageerde Thieu niet op.

'Alles moet op zijn manier,' vervolgde ik, 'maar hij kan wel om zichzelf lachen.'

'Lachen? Govert?' Thieu zoog nog eenmaal hard aan het allerlaatste eindje van zijn sigaretje en drukte het toen uit op de grond. 'Govert is een maniak. Vroeger hadden we prachtige hagen langs het pad. Kardinaalsmuts, sleedoorn, roos, van alles door elkaar heen. Maar Govert wilde elzen. Tegenover mijn poort stond een oude wilg. Heel dik, oeroud, met holtes erin waar varentjes uit groeiden. Op een dag kom ik hier, heeft Govert die wilg omgezaagd. Ik kon het zowat niet geloven. Ik ben naar zijn tuin gerend en ik heb hem een kopstoot verkocht.'

Hij zweeg zo lang dat ik zei: 'En toen? Sloeg hij terug?'

Thieu schudde zijn hoofd. 'Hij deed alleen een stap opzij en hij riep: "Daar moeten elzen staan." Ik riep: "Fascist!" en begon weer te slaan, en toen kwam dokter Zeelenburg, die haalde ons uit elkaar. Er kwam een vergadering. Het bestuur wilde dat ik mijn excuses aanbood, dat heb ik geweigerd. Ik heb gezegd: "Dat kan ik niet. Maar ik wil je wel een hand geven." En dat vond Govert goed.'

Er was nóg een reden om een moord te plegen, dacht ik: om iets of iemand anders te beschermen. Misschien had tante Lidewij oom Friso wel vermoord omdat hij dreigde het landgoed weg te geven. Ik kreeg een visioen van Anne en haar moeder die samen in de keuken het lijk in porties stonden te snijden. Waarom die twee eigenlijk en niet Fiep? Misschien omdat Anne en tante Lidewij kort daarop allebei een beetje gek geworden waren. Had dokter Zeelenburg niet gezegd dat 'de oudste' het landgoed per se wilde behouden? Ik was ervan uitgegaan dat hij Fiep bedoeld had, maar dat was misschien helemaal niet zo.

Dokter Zeelenburg was niet op de tuin, maar Guusje wel. Ze begroette me enthousiast en troonde me mee om een roos te laten zien. 'De Eric Tabarly.' Koesterend legde ze haar hand om de ronde roze bloem.

'Die vind ik nou juist niet zo mooi,' zei ik.

'Waarom niet?'

'Hij is te dicht. Er kan geen insect in. Hij is te ver doorgekweekt.'

Ze knikte peinzend. 'Misschien dat die bloemen daarom zo snel verwelken en op de grond vallen.'

'Je ziet er nogal vrolijk uit.'

'Geen Kenny vandaag, zo heerlijk!'

'Heb jij oom Friso, meneer Lanssen, vroeger gekend? Ik zit te denken wie hem vermoord zou kunnen hebben.'

'Zijn vrouw,' zei Guusje onmiddellijk. 'En zijn dochters. Die hadden er het meest baat bij. Ja, ik ben er ook over na aan het denken, iedereen doet dat. Het moet erg naar voor die dochters zijn. Zij zijn natuurlijk de eerste verdachten.'

Dat kon ik niet geloven. 'Anne en Fiep? Welnee! Dat heb ik nog niemand horen zeggen. Kende jij de familie eigenlijk?'

Ze schudde haar hoofd. 'Toen ik een kind was, moet ik meneer Lanssen wel gezien hebben, maar dat was voor mij alleen een man in de verte, met een hoed en een pijp.'

Die pijp had erin gehakt. Daar had iedereen het over.

'Ik ging in Amsterdam studeren,' vervolgde Guusje, 'en ben hier jaren niet geweest. Pas toen Guus en ik weer in de buurt gingen wonen en mijn ouders te oud werden, besloten wij de tuin over te nemen. Maar in die tijd was meneer Lanssen al foetsie.'

We liepen langs de borders. Guusje stond eigenlijk nooit stil. Onophoudelijk trok ze bijna onzichtbare sprietjes uit de grond. 'Ken je dit? Wolfsmelk. Nooit aankomen, anders brand je je vingers…'. Ze slaakte een kreet, schoot in de lach en wapperde met haar hand.

Uit de steel kwam wit, melkachtig sap. Toen Guusje haar hand toonde zag ik een vuurrode vlek.

'Dat wordt een blaar,' zei ze laconiek. 'Jammer dat dokter Zeelenburg er niet is, die heeft meestal wel iets om erop te doen. Hij is een echte expert met gif en serum.'

'Waar komt die obsessie voor gif toch vandaan?'

'O, dat is een vreselijke geschiedenis,' begon Guusje geanimeerd. 'Een zus van dokter Zeelenburg is na een postnatale depressie, dat heette toen natuurlijk nog niet zo, opgenomen in een inrichting en nooit meer goed geworden. Vreselijk was het, ze werd soms hele dagen in bad gezet, met spanlakens eroverheen. Dokter Zeelenburg heeft zich heel erg voor haar ingezet, hij heeft er ook over gepubliceerd. Een prachtig boek, ik heb het gelezen. Zijn zusje is een keer uit het raam gesprongen, toen kwam ze ook nog in een rolstoel. Ze smeekte om te mogen sterven. Ze vroeg of dokter Zeelenburg haar wilde laten inslapen, maar dat kon hij niet. Goddank is ze niet zo heel oud geworden.'

Nog altijd liepen we langs de borders. Terwijl Guusje vertelde, wees ze me op bloemen en planten. 'En het ergste van alles is – kijk, monnikspeper, dat is een late bloeier – dat het met de dochter van die vrouw precies hetzelfde is gegaan. Dokter Zeelenburg had dat meisje zó gewaarschuwd. Geen kinderen krijgen, zei hij, geen kinderen krijgen. Maar ze deed het toch. En weer ging het mis. Postnatale depressie, opname.'

'Zo zet de vloek zich voort tot in het vierde en vijfde geslacht,' citeerde ik.

'Wat mooi, komt dat uit een van je boeken?'

'Nee, uit de Bijbel. Ik weet niet of ik het helemaal goed zeg, trouwens.'

Guusje boog zich weer voorover om iets uit te trekken. 'Dokter Zeelenburg maakt zich ook erge zorgen over Anne. Hij is al zo lang een vriend van de familie. Hoewel ik altijd de indruk had dat hij mevrouw Lanssen niet uit kon staan. Ik weet niet waarom.'

Op mijn tuin kwam nu het heermoes opzetten. Ik trok het zo diep mogelijk uit, maar de wortels gingen tot het grondwater, je kreeg het nooit helemaal weg. Het gaf een plezierig knakje als het brak. Wanneer de mensen waren uitgestorven zou het heermoes nog voortwoekeren. Ik stond op, strekte mijn rug en ging een gieter water halen voor de peperplant die ik van Guusje gekregen had.

De mandarijneenden dobberden op het water. Het riet werd dichter en er groeide pijlkruid tussen. Ik ging op mijn knieën zitten en liet de gieter volstromen.

'Levensgevaarlijk!'

Daar stond Govert.

'Ik schrik me dood', zei ik. 'Ik heb geen diploma, maar ik kan wel zwemmen.'

'Nee, ja, nee, dat bedoel ik niet. Dát, bedoel ik!' Hij wees. 'Waterpenning! Direct uitrukken. Bedekt alles. Als er één stukje blijft zitten groeit het gewoon weer aan, als een draak met zeven koppen.'

'Dat kleine bloemetje?'

'Ruk het uit. Je moet het volledig weghalen. Ik bedoel...' – hij hernam zichzelf – 'ik bedoel, je zou het volledig weg kunnen halen. Dat zou ik doen. Maar je moet natuurlijk niks.'

'Je mag gerust "moeten" zeggen.'

'Alsjeblieft niet. Daar heb ik genoeg ellende mee gehad in mijn leven.'

Ik stond op. 'Ik vind het altijd wel prettig als mensen me precies zeggen wat ik moet doen.'

'Heil Hitler.'

Mijn hand, die al boven het plantje hing, viel slap neer. Ik stond op en liep weg. Govert kwam achter me aan. 'Heb jij nog iets over Lanssen gehoord? Weten ze nou eigenlijk hoe het gebeurd is?'

'Hersens ingeslagen.'

Hij vloekte en zette een stap naar achteren. Bijna gleed hij de sloot in.

Zak maar lekker in de plomp, dacht ik.

'Je moet je sloot schonen. Je kunt de klauw bij Zwanet halen. Tot de helft moet je. De andere helft doet de gemeente. Ik wil het ook wel voor je doen. Wil je nog tomaten?'

'Ik kom straks wel', zei ik.

Hij liep weg, scheef, als een krab, terwijl hij naar me bleef kijken.

In de verte zag ik het magere lijfje van mevrouw Blok. We waren allemaal inmiddels meerdere malen ondervraagd, maar ze bleef opduiken. Misschien was Govert daarom uit zijn doen.

Tegen vijven kwam ik thuis met boontjes, courgettes en tomaten. Ab zat de krant te lezen en Thijs bekeek een minuscuul bloempje door zijn loep.

'Kun je basilicum voor me plukken?' riep Cora.

Ik had de pot met basilicum aan een ketting in een boom gehangen en nog kropen de slakken tegen de stam omhoog. Waar zou bij een slak de neus zitten?

'Wat fijn dat wij allemaal nog leven,' zei ik.

'De sneeuwtijger staat op uitsterven,' zei Ab vanachter zijn krant.

Cora legde de onderzetters op tafel. 'Dat is onze schuld niet.'

'Ik heb een tijd lang gedacht dat ik me niets hoefde aan te trekken van problemen die mijn schuld niet zijn,' zei ik. 'Maar dat red je uiteindelijk toch niet. Trekhonden. Paarden die vroeger in de mijnen te werk werden gezet en nooit daglicht zagen. Allemaal voor mijn tijd en toch schaam ik me.'

'Vooral als het zoogdieren zijn,' zei Cora. 'Of witte duiven.'

'Ze is altijd een racist geweest.' Ab gaf haar een klap op haar achterste. 'Hoe is het met de kaboutertjes?'

Ik kermde. 'Géén kabouterdiscussie vandaag! Ik

zat net te denken dat ik evenveel eerbied heb voor de variëteiten in Gods schepping als voor Darwins verklaring daarvan. Of beter, Darwins verklaringen waren óók een wonder. Ik heb nooit begrepen waarom sommige mensen daar een of-of-keuze van maken. Newton, God, Darwin…'

'Ik ook niet, maar ik trek de grens bij kaboutertjes,' zei Thijs.

'Ze leven nu niet meer, Thijs, ze leefden vroeger,' legde Cora geduldig uit. 'Ik heb trouwens een leuk nieuwtje: ik ben gevraagd om in Harlingen een opera over King Lear te komen regisseren. Ab en ik gaan er morgen naartoe om met de man van de organisatie te praten. Ik heb een hotelletje geboekt voor twee nachten. Harlingen schijnt mooi te zijn. King Lear, dat kan geen toeval zijn.'

'Hoe bedoel je?' vroeg Thijs.

'Omdat we hier in onze eigen Koning Lear zitten. Koningin Lear. Met Fiep en Anne als Goneril en Regan. Het leek wel of ze tante Lidewij zo snel mogelijk onder de grond wilden werken en er nog een klompendansje bovenop gingen doen.'

Thijs glimlachte. 'Dat is een van de laatste taboes. We moeten treuren wanneer een ouder ons ontvalt, terwijl het negen van de tien keer een enorme opluchting is. Het zal zwaar geweest zijn voor die twee, de zorg voor hun moeder. En het duurde al zo lang. Dag in dag uit. Dat is bijna niet te dragen. Stel je voor dat ze daar nog eens jaren aan vastgezeten hadden.'

'We worden allemaal veel te oud.' Ab stak een sigaar op en blies een kring.

Cora knikte. 'Je kunt Lear heel makkelijk naar onze tijd verplaatsen. Gelukkig maar, want het budget is natuurlijk weer drie keer niks. Ik wil het ouderenkoor van Harlingen erin betrekken, dan kan ik leuke dansjes maken met rollators.'

'Na het sterven van de laatste ouder valt het gezin uiteen,' zei Thijs.

Cora knikte. 'Er loopt nu al een scheur door het zusterhuis. Dat komt natuurlijk ook door die vreselijke Kenny en zijn nog vreselijker plannen voor een project voor randgroepjongeren. Dat wordt de totale ondergang.'

Ik vroeg me af wat die ondergang betekende voor de volkstuinvereniging. Was die voor een volgende koper bij de prijs inbegrepen? Anderzijds, de vereniging had zijn langste tijd gehad. Guusje was de jongste en die was toch ook al vijftig. Alles verging en daar hoefden we niet om te treuren, het werd compost en er zou iets nieuws uit groeien.

Fiep was uit ander hout gesneden dan ik. Die had iets in haar kop wat er met geen tien paarden uit te krijgen was en Thijs en Ab bewonderden dat. Ik wist niet goed wat ik ervan moest denken. Je leven opofferen voor het behoud van de panda of de saffraanpeer, daar kon ik in meegaan. Maar voor een huis, alleen omdat je familie er al zo lang woonde, nee.

Cora vond dat Noa een egoïste was die koos voor haar eigen ambities (en dan nog wel rugby) in plaats van het familiebezit in ere te houden, maar ik vroeg me af of we hier van een keuze konden spreken. Ik leerde mijn studenten weliswaar dat de grote wil van de hoofdpersoon de drijvende kracht in elk verhaal was, maar misschien moest ik die grote wil veranderen in 'lot' of 'noodlot'.

Mijn grote wil was een half leven lang schrijven geweest. Tot Thijs zijn entree maakte en mijn grote wil van 'schrijven' in 'Thijs' veranderde. Ik had hem achtervolgd als een wolf en toen ik hem mijn hol had binnengesleept, bleek de prijs hoog te zijn: ik kreeg geen letter meer op papier. Ik had mijn stem moeten opgeven voor mijn prins. Een prins die drie dagen na de huwelijksvoltrekking een hartaanval kreeg.

Daar zat ik, alleen in dat grote huis, de bruidsjurk nog aan een hangertje van de stomerij. Misschien dat Thijs dood zou gaan, misschien zou hij beter worden, maar hoe dan ook was alles voorgoed anders. Dat had ik zelf veroorzaakt en toch had ik niet het gevoel dat ik ooit een keuze had gemaakt.

Zou ik, in de razernij die liefde heet, een misdaad hebben kunnen plegen? En had ik me dan verantwoordelijk gevoeld? Zou er ooit iemand naar voren treden die zei: 'Ja, ik heb Friso Lanssen de hersens ingeslagen. Het was mijn schuld'? Vast niet. Mensen praten veel over schuldgevoelens, maar niemand acht zichzelf werkelijk schuldig. Ik weet niet hoe dat komt. Misschien omdat je, als je inziet dat je fout hebt gezeten, alweer een ander mens bent geworden.

Ik geloofde nog steeds niet in een oplossing en zelfs niet in een moord. Er had weliswaar een barst in de schedel gezeten, maar dat leek me niet zo gek na dertig jaar.

Cora vond dat idioot. 'Juut, als de politie dat nou toch zégt!'

En ook Ab zei: '*Strong but wrong*. De politie zegt dat echt niet zomaar.'

'Thijs, wat denk jij?' vroeg Cora.

'Een schrijver is een tegendenker, zei Thijs. 'Judith kan van niets iets maken. En van iets maakt ze niets.'

'Dus jij vindt ook dat ze ongelijk heeft?'

'Schrijvers hebben op een andere manier gelijk.'

Blijkbaar zag Thijs me nog steeds als een schrijver, ook al schreef ik niet meer.

Het lag misschien ook aan Groenlust. Alles was zo stil, zo vredig en geordend. Ik kon me hier geen geweld voorstellen. Daarbij, ik had na de lagere school nooit meer een echte vechtpartij gezien.

❧

Ab en Cora vertrokken de volgende dag. Zodra ze weg waren, viel er zo'n diepe stilte dat het was of de ruimte implodeerde.

Thijs en ik zaten zwijgend, hand in hand op het bankje in de tuin. Zo moest het zijn als je doof was. Of dood.

Toen weerklonk het lachen van de groene specht. Thijs en ik lieten elkaars hand los. De wereld draaide weer.

Koos kwam uit de rododendrons zetten.

'Je bent net te laat, zei ik, 'een seconde geleden hoorden we de groene specht.'

'Ik hoorde hem ook, zei Koos, 'hij lacht me uit. Hij roept me en dan verstopt hij zich.'

Koos zag er moe uit. Hij leek zelfs magerder geworden. Wat wisten we eigenlijk van hem? Dat hij een uitkering had en dat Zwanet zijn moeder was. Daar zou ik ook wakker van liggen.

'Heb je er weleens aan gedacht dokter Zeelenburg om slaapmedicatie te vragen?' vroeg ik.

Koos rilde. 'Dokter Zeelenburg! Die vind ik zo eng. Die ogen... Hij heeft me een keer druppeltjes gegeven. Die moest ik met drie delen water vermengen en dan twee druppels op de rug van mijn hand doen en dat oplikken. Ik moest beloven dat ik het precies zo zou doen. Nou ja, ik beloven natuurlijk, gauw naar huis gegaan en het hele flesje opgedronken. Niks gemerkt, gewoon de hele nacht wakker gelegen. Nu durf ik hem niet meer onder ogen te komen, want ik heb mijn belofte verbroken.'

Voorzichtig haalde hij zijn fotomap uit zijn tas.

Ik stond op en nam afscheid. Ik had een afspraak met Anne. Thijs had erop aangedrongen dat ik haar voor Kenny zou waarschuwen. Het is je plicht als vriendin om haar te waarschuwen voor de vreselijke misstap die ze begaat als ze met die man gaat trouwen, had hij gezegd.

Cora had enthousiast geknikt en ik had Anne gebeld om een afspraak te maken. Ik had geen enkel vertrouwen in mijn missie en zag het louter als een investering in een toekomst waarin ik kon zeggen: ik héb het nog tegen haar gezegd. Kenny was, naast Fiep, de enige stut in Annes leven. En die zou ik nu onder haar weg proberen te halen, met als excuus dat het voor haar eigen bestwil was.

Als ons leven hier een toneelstuk was, zou je nauwelijks decorstukken nodig hebben, dacht ik, slechts
wat bomen en tuinstoelen.

Ik moest terugdenken aan *De Lorrenkoningin* en
het stuk dat ik daarna geschreven had, dat nooit was
uitgevoerd. Wat hadden we nog meer nodig voor een
stuk over ons leven hier? Servies en tuingereedschap.
Zelfs auto's kwamen er niet in voor, je zou aan een
bandje met het geluid van een wegrijdende auto genoeg hebben. En een schedel. Twee schedels, om precies te zijn.

De politie had de tweede schedel ook meegenomen. Die had inderdaad gewoon nog in het atelier
van tante Lidewij gelegen, naast de skelethand.

Anne had ons de schilderijen laten zien. Het waren
er tientallen en ze vormden een volmaakte illustratie
van de toenemende verwarring van tante Lidewij. De
laatste waren niet meer dan wat onzekere vegen in
een hoekje, alsof ze zelfs het doek niet meer had weten te vinden.

Een nieuwe gedachte viel me in. Zou de vroege de-
mentie van tante Lidewij erfelijk zijn? Zouden Anne
en Fiep daar al aan gedacht hebben? Natúúrlijk hadden ze daaraan gedacht! Zoveel uren hadden we elkaar gesproken de laatste tijd, maar het meeste bleef
ongezegd.

Ik belde aan en Anne deed open.

'Mooi nummer,' zei ik en tikte op de deur.

Ze knikte. 'Twee vijven. Ik vind het ook mooi. Dit

nummer heeft me gered. Ik was bang dat ik, als ik hier introk, mijn uitkering zou verliezen. Maar door dat nummer geldt het als apart huis. Dat heeft me gered.'

'Zonder huisnummer geen uitkering. Ik ken het verschijnsel. Wat heb je het hier leuk!' Het kwam uit de grond van mijn hart. Ik zou honderd keer liever in Annes overzichtelijke huisje wonen dan in het grote huis. Beneden waren een keuken, een badkamertje en een slaapkamer, boven was één grote ruimte, met uitzicht op de bomen aan drie kanten. Aan de muur hing een meer dan manshoog houten olieverfpaneel met een afbeelding van Roodkapje.

'Dat moet Cora zien,' zei ik. 'Die is dol op dat soort dingen.'

'Het hoort eigenlijk thuis in een folly die vroeger in het bos stond. Een klein planken huis met een rieten dakje en dan dit ding. Toen we klein waren was er al niet veel meer van over. Mijn vader heeft het paneel in het koetshuis gezet en daar heeft het jaren gestaan. Er stond toen nog een wolf op, hier aan de linkerkant, waar nu die boom staat. Een paar jaar geleden heeft Fiep aan Govert gevraagd of hij het kon restaureren. Govert deed vroeger bijna alles hier.' Ze zweeg even. 'Govert bracht het paneel na een paar weken weer terug en toen was de wolf verdwenen. Hij had tijdens de restauratie ontdekt dat de wolf niet authentiek was.'

Ik lachte. 'Typisch Govert.'

'Fiep was woedend. Het is nooit meer helemaal goedgekomen tussen die twee.'

'Echt niet? Wat jammer!'

'Doodzonde. Vanaf dat we klein waren, liep Govert hier rond. Zijn vader was vroeger de tuinman en woonde met zijn gezin in het huisje waar jullie nu zitten. Govert was het liefst zijn vader hier opgevolgd, maar hij moest doorleren. Toen mijn vader verdween, stond Govert voor de deur om ons bij te staan en dat heeft hij jarenlang gedaan. Hij wist alles van het landgoed, zowel van het huis als het bos.'

'Govert weet alles.'

Anne knikte. 'Dat was soms ook wel benauwend. Hij kwam een keer de bijkeuken in en toen hij zag dat er een gat in de muur zat, bood hij aan die muur opnieuw te stuccen. Hij stond een tijdje te rekenen en toen bestelde hij ik weet niet meer hoeveel zakken gips. "Het is toch maar een klein gat?" zei Fiep. Wat bleek nou: als je keek van hoek naar hoek dan zat er een lichte welving in de muur en die moest er volgens hem uit. Fiep zei natuurlijk dat dat belachelijk was, het was maar een bijkeuken. Toen zei Govert: "Als ik smeer, smeer ik recht." Er werd een Mount Everest aan zakken kalk bezorgd!'

Ik begon te lachen. 'Wat vertel je het goed. Ik hóór het hem zeggen. Toch begrijp ik het wel. Een vakman heeft z'n principes.' Ik dacht aan de som die haar jarenlang in zijn greep had gehad en gaf haar een duwtje tegen de schouder. 'Jij zult het ook wel begrijpen.'

Ze knikte.

Het was een plezierige kamer, ik voelde me er direct thuis. 'Ik zou liever hier wonen dan in het grote huis.'

'Ik ben totaal niet jaloers op Fiep. Ik moet er niet aan denken de verantwoordelijkheid voor zoveel kamers te hebben. Wil je thee?'

'Toen ik hierheen liep, fantaseerde ik dat we in een toneelstuk speelden met z'n allen. Ik vroeg me af wat we nodig hadden en ik kwam uit op een paar stoelen en een theeservies. Precies wat hier staat.'

Anne keek rond en glimlachte. 'Ik wil zo min mogelijk spullen hebben.'

'Ik ook! Ik had bijna niks toen ik bij Thijs introk. Maar Thijs heeft een groot huis vol spullen en die kon ik moeilijk allemaal bij het grofvuil zetten. Dus woon ik nu in een huis dat eigenlijk niet het mijne is.'

Anne luisterde aandachtig. De frons was terug. 'Hoe is dat, om samen te wonen? Ik heb altijd gedacht dat ik alleen zou blijven. Daar had ik vrede mee. Ik ken Kenny al heel lang, ik vond hem natuurlijk heel knap en aardig, maar hij riep geen grotere gevoelens in me op. Nu moet ik je zeggen...' – ze schoot in de lach en de frons verdween – 'dat ik grote gevoelens zoveel mogelijk uit de weg ga.'

Ook dit herkende ik. 'Grote gevoelens zijn afschuwelijk. Je ligt ervan wakker. Je raakt in de war. Je verliest je kompas en je raakt de weg kwijt. Ik snap niet waarom mensen zo hoog opgeven van grote gevoelens. Kleine gevoelens zijn veel prettiger.'

'Precies! Wat fijn om met jou te praten.'

'Nu zou er alleen nog een poes op schoot moeten liggen.'

'Dat heb ik geprobeerd, een poes, maar de verantwoordelijkheid was me te zwaar. Toen heb ik hem aan Fiep gegeven. Voor de poes maakte het niet uit, het was gewoon één deur verder.'

'Nummer 57 in plaats van nummer 55.'

Anne lachte. 'Ik dacht in die tijd weleens over

vrijwilligerswerk. In het dorp is een egelopvang. Het leek me heerlijk rustig werk, want die egels slapen de hele tijd. Maar alleen al de gedachte dat ik daar op vaste dagen heen zou moeten maakte me vreselijk benauwd. Toen had Fiep een briljant idee: ik kon me aanmelden als pleegmoeder voor revaliderende egels. Ik hoefde eigenlijk niets anders te doen dan een deel van mijn tuin te laten omheinen. Dat heeft Govert voor me gedaan. Die egels zien er nogal bol uit, maar ze kunnen door de kleinste spleetjes, dus Govert heeft een schutting van massief eikenhouten planken gemaakt. Na twee dagen was hij klaar en kwam de mevrouw van het asiel met een omgekeerde dakpan die ze "nokvorst" noemde en waarvoor ik zestig euro moest betalen. Daar zou de egel zich overdag kunnen terugtrekken. Die egel zag ik nooit, maar de mevrouw kwam voortdurend langs om te controleren of ik het wel goed deed. Ik werd er helemaal gek van. Ik begon me te verstoppen. Als ik dat mens weer zag aankomen ging ik plat op de grond liggen. Ik had extra medicatie nodig.'

In geen tijden had ik zo gelachen. Anne kon al even smakelijk om zichzelf lachen als Koos. Een nieuw idee kwam bij me op: Koos en Anne! Wat een geweldige combinatie zou dat zijn!

'Sorry,' zei ik. 'Je vertelt het zo grappig. En toen?'

'Op een dag wilde ik net weggaan toen ik haar hoorde aankomen. Ik ben het bos in geholid en heb net zo lang achter een boom staan kijken tot ze weg was. Maar…' Ze zuchtte diep, hoewel haar ogen blonken. 'Die nacht hoorde ik een vreselijk geluid. Onder het bed. Echt heel hard. Je kunt je waarschijnlijk wel voorstellen hoe eenzaam en donker het hier 's nachts is. Voor mijn gevoel heb ik wel een uur verstijfd in bed gelegen voordat ik durfde op te springen. In paniek ben ik naar buiten gehold, ik heb nog gauw een jas omgeslagen en toen heb ik bij Fiep aangebeld. Die schrok zich natuurlijk ook weer dood. Echt afschuwelijk allemaal.'

'Twee vrouwen in een afgelegen huis. Hebben jullie wel eens aan een hond gedacht?'

'Fiep wil niets liever. Nu mijn moeder dood is, kan het misschien wel.'

'Terug naar de nachtelijke bezoeker.'

'Fiep heeft de politie gebeld. Ze kwamen meteen. Wat bleek nou: de egel was in de tien minuten dat ik die middag de deur open had laten staan, het huis binnengeglipt. Hij was de slaapkamer in gelopen en had een gat onder in het matras gemaakt. Daar was hij in gekropen en in slaap gevallen. Toen hij 's nachts wakker werd, zat hij klem. De politieagenten hebben hem bevrijd, in een molton gewikkeld en in het bos gezet. Ik ben die dakpan nog gaan terugbrengen naar het asiel, maar mijn geld kreeg ik niet terug. Nooit meer een egel.'

Opnieuw schonk ze me bij. Het was kruidenthee, je kon er eindeloos van doordrinken.

'We hadden het eigenlijk over Kenny en samenwonen,' zei ik.

Het was onmiskenbaar: zodra de naam Kenny viel, verstarde Anne een moment en kwam de frons weer op haar gezicht.

'Ik had dus altijd gedacht alleen te blijven. Maar toen ik jullie zo zag, Ab en Cora en jij en Thijs...' Ze

glimlachte. 'Ik kwam Kenny tegen bij de tuin en ineens sloeg de bliksem in. Nou ja, dat ken je uit eigen
ervaring.'

'En denk je echt al over samenwonen?' vroeg ik
voorzichtig.

Weer dat moment van verstarring. De frons bleef.
'Nog niet direct, want dan verliest hij zijn uitkering.'

'Het is hier ook wel klein voor twee personen.'

'We zouden niet hier gaan wonen.' Ze werd onrustig.

'Wil je bij Kenny gaan inwonen? Heeft hij een leuk
huis?'

Ze boog zich voorover en tuurde strak naar het
ronde tafeltje tussen ons in. De spanning was voelbaar. 'Er staat natuurlijk nog helemaal niets vast. Er
zijn allerlei mogelijkheden. Alles ligt open.'

Maar natuurlijk! Dat ik daar niet eerder aan had
gedacht. 'Kenny denkt misschien aan een deel van het
grote huis.' Ik zei het alsof het de gewoonste zaak van
de wereld was.

Anne keek opgelucht. 'Vind je dat gek?'

'Nee, het ligt erg voor de hand. Eigenlijk is het gek-
ker dat Fiep in haar eentje in het grote huis woont en
jij hier. Tja, dat is nu eenmaal zo gelopen. En toen je
moeder nog leefde was het denk ik voor jou ook wel
makkelijker.'

'Ik ben altijd zo bang voor de erfenis geweest!' riep
ze wild. 'Dat geld, dat huis, dat bos, verschrikkelijk! Ik
wilde het niet! Ik ben er bang van! En toen heeft Fiep
me aangeraden om mijn deel van de erfenis te weigeren.'

Het duizelde me, maar ik zei op inlevende toon: 'Ja, dat kan natuurlijk. Dat is helemaal niet zo'n gek idee. Dan kun je gewoon hier blijven wonen met je uitkering en verandert er niets. Dat zou ik misschien ook zo willen.'

Haar gezicht betrok. 'Vind je dat ik mijn erfdeel had moeten weigeren?'

'Nee nee, ik vind niks. Ik zei alleen wat er mogelijk is.'

'Maar nu is het niet meer mogelijk. Ik heb de erfenis geaccepteerd. O god, dus jij vindt ook dat ik het niet had moeten doen...'

Over de tafel greep ik haar handen. 'Nee, Anne, echt niet! Ik neem mijn woorden terug!'

Maar ze hoorde me niet meer.

◆

Tegen vijven kwam ik thuis. Thijs stond zo kwiek op uit zijn stoel dat ik er bijna van schrok.

'Elke dag word je weer meer jezelf,' zei ik. 'Pas nu besef ik hoezeer ik sommige bewegingen gemist heb.'

'Hoe is het gegaan?'

'Verschrikkelijk. Het kon niet slechter. Borrel?'

'Ga jij maar zitten, ik zal jou eens bedienen.'

Even later bracht hij een blad met twee glaasjes en een bakje pinda's. Cora had ons goedverzorgd achtergelaten, ze had zelfs voor ons gekookt. We hoefden de schaaltjes alleen in de oven te zetten.

Ik deed verslag van mijn gesprek met Anne. 'Daarna ben ik ook nog naar dokter Zeelenburg gegaan en ik heb hem precies verteld wat er gebeurd is. Hij luisterde zonder een woord te zeggen. Aan het slot zei hij alleen: "Alles gaat zoals het moet gaan." Daar hebben we dus niets aan. Vind je het niet gek dat Fiep Anne heeft aangeraden de erfenis te weigeren?'

'Fiep denkt aan haar dochter.'

Alsof het zo moest zijn, kwamen op dat moment Fiep en Noa aanwandelen. Meer en meer bekroop me het gevoel in een toneelstuk terechtgekomen te zijn. Weer werd er met tuinstoelen over de tegels geschoven, werden er glazen volgeschonken en dronken we elkaar toe.

'Het gaat goed met je, hè?' zei Fiep hartelijk tegen Thijs. 'Je hele houding is anders. Wat een verschil met het begin! Je kon nauwelijks uit de auto komen.'

'Het zal de wonderbaarlijke geneeskracht van deze omgeving zijn,' zei Thijs.

'We komen eigenlijk voor advies.'

'Dat wil zeggen,' zei Noa, 'mijn moeder wil dat jullie mij overhalen hier te komen wonen.'

Waren alle vijfentwintigjarigen tegenwoordig zo bijdehand? Toen ik zo oud was, lag ik depressief op mijn bed, nadenkend over boeken die ik wilde schrijven en waarvoor ik geen eind kon bedenken.

Fiep lachte. 'Niet op stel en sprong natuurlijk.'

'Ik wil de Nieuw-Zeelandse nationaliteit aannemen,' zei Noa plompverloren.

Thijs keek haar vriendelijk aan. 'Is daar een speciale reden voor?'

'Voor het werk natuurlijk, maar ook omdat ik me daar veel meer thuis voel dan hier. Ik vind het rottig voor je om het te moeten zeggen, mam, maar ik haat Nederland en ik haat dit landgoed. Ik wou dat de hele boel verkocht werd. Dan hoef je niet meer te werken en kun je bij mij in Nieuw-Zeeland komen. We kunnen naar buiten, we kunnen *hiken*, samen kamperen. Dát zou ik nou willen!'

Thijs en ik draaiden ons hoofd precies tegelijk van Noa naar Fiep, alsof we naar een tenniswedstrijd zaten te kijken.

'Dat zeg je nu wel,' zei Fiep zachtmoedig, 'maar je bent nog jong. Toen ik vijfentwintig was… Nou ja, dat is niet waar. Ik ben altijd dol op Groenlust geweest. Als ik uit het raam kijk zie ik hetzelfde als wat mijn vader, mijn opa en mijn overgrootvader hebben gezien. Aan elke steen, elke boom zit een herinnering. Ergens ligt nog het doosje met het briefje van onze bloedzusterschap. Niets maakt mij zo gelukkig als wanneer ik iets weer in de oorspronkelijke staat kan terugbrengen. Als ik nou wat geld heb laat ik de rozentuin opnieuw aanleggen. Het labyrint. Ik laat de folly terugzetten.'

'Mam, dat hoor ik nou al mijn hele leven: "Als ik nou wat geld heb." Maar als ik hier niet wil wonen, wie hééft er dan wat aan?'

'Anne is er ook nog,' zei ik.

'Die krijgt geen kinderen meer. Ik erf uiteindelijk alles en ik verkoop het aan de hoogste bieder. O sorry, dat klinkt zo bot. Sorry, mam.' Ze begon te huilen. 'Heeft mijn moeder al verteld over de erfbelasting? Omdat oma dood is, moeten we…'

Geschrokken wilde Fiep haar hand op Noa's mond leggen, maar die trok Noa met een nijdige ruk weg.

'Hoeveel is het?' vroeg ik. 'Wil je iets lenen?'

Fiep lachte vermoeid. 'Dat zijn bedragen met een heleboel nullen. Laten we er maar niet over praten. Het komt heus wel goed. Het komt altijd goed. Kom, we gaan.'

'Weet je wat ik zou willen, mam?' zei Noa vurig. 'Dat het níét goed zou gaan!'

Toen ze gearmd wegliepen, hoorde ik in de verte het rollen van de donder. Maar het kon ook een vliegtuig zijn, al hoorde je die hier eigenlijk zelden.

Het onweer zette niet door. Thijs en ik bleven lang buiten zitten, het leek alleen maar warmer te worden. Het was onnatuurlijk stil, alsof het bos zijn adem inhield. Die nacht konden we geen van tweeën slapen en ik trok het luchtbed onder het bed vandaan omdat we allebei zo lagen te woelen. Het luchtbed was inmiddels half leeggelopen, maar ik kwam er niet toe het weer op te blazen.

De volgende dag was de hitte drukkend. Ik benijdde Thijs, die geconcentreerd lag te lezen in zijn ligstoel onder de bomen. Het was te warm voor tuinwerk maar ik voelde me ongedurig en besloot naar mijn tuin te wandelen. Ik zou de lange route nemen via het koetshuis en kijken of ik tussen het oude gereedschap van oom Friso iets kon vinden waarmee ik de waterplanten aan de rand van de vliet op de oever kon trekken. Govert had gezegd dat dat met een klauw moest en dat ik die kon lenen bij Zwanet.

Het stond ons vrij elkaars tuinen te betreden en te pakken wat we nodig hadden, als we het later maar weer netjes en schoon terugzetten. Het was een handig systeem, ontstaan in een tijd dat niet iedereen kapitaalkrachtig genoeg was om zijn eigen gereedschap te kopen. Bovendien scheelde het ruimte in je tuinkist. Een zeis en een grondboor had je maar een enkele keer nodig. Dokter Zeelenburg had een ladder die we allemaal weleens gebruikten, Guusje een grasmaaier en Zwanet een klauw, wat dat ook wezen mocht, maar ik had geen zin om Zwanet iets te vragen.

Niemand deed zijn kist op slot, behalve Kenny, die beweerde dat de dronken Polen er met zijn takkenschaar vandoor waren gegaan. Bij Thieu kwam ook nooit iemand en omgekeerd leende Thieu nooit iets. Govert had prachtig gereedschap dat ik altijd mocht lenen, maar toch vond ik het vervelend om voor elk schepje zijn tuin op te lopen en dus was ik gaan grasduinen tussen het oude gereedschap van oom Friso. Net zoals de anderen had ik met een gloeiende priem de initialen in het handvat gebrand: de L van Lanssen.

In het koetshuis stond bij mijn weten niets wat een klauw zou kunnen zijn, maar toch liep ik erheen.

Ik stak het gazon over. In de verte, op de waranda, zaten Fiep en Anne aan tafel, waarop een grote berg textiel lag. Kenny zat er werkeloos naast en Noa lag iets verderop in een linnen stoel ingespannen op haar mobiel te kijken. Ik zwaaide en wilde doorlopen, maar Fiep wenkte me met een hoofdgebaar. Met enige tegenzin liep ik erheen. Anne hield een witte blouse vol vlekken tegen het licht, legde hem terug en trok hem toen weer naar zich toe. Fiep maakte een al even besluiteloze indruk, wat er onnatuurlijk uitzag.

Kenny hield humeurig een doorgesneden teen knoflook tegen zijn pols.

'Gestoken?' vroeg ik.

'Er zit een wespennest in die boom daar,' zei Fiep. 'Ik heb een verdelgingsbedrijf gebeld, maar ze hebben het zo druk dat ze pas overmorgen komen.'

'Je laat ze toch geen gif gebruiken?' zei Kenny opgewonden. 'Dat wil jij toch ook niet, Anne?'

Anne keek hem verwezen aan, zonder iets te zeggen. De hand waarmee ze een stuk stof vasthield was zo verkrampt dat de knokkels wit waren. Op een apart tafeltje stond een batterij flesjes met vlekverwijderaar.

'Cora wil je ook wel helpen met die kleren,' zei ik. 'Die is geweldig met vlekken.'

'Weggooien!' Noa keek niet eens op van haar mobiel. 'Alles weggooien!'

'Wilde je me iets vragen, Fiep?' vroeg ik.

Fiep ontwaakte. 'O ja. De politie belde. Ze vroegen of ik nog meer papieren van mijn moeder had. Laatst hebben ze alle brieven en dagboeken meegenomen, wat ik trouwens afschuwelijk vond. Toen dacht ik eraan dat er nog een heleboel zogenaamde ooms zijn met brieven van mijn moeder. Wat vind je, moet ik dat aan de politie vertellen? Die ooms hebben natuurlijk ook weer vrouwen...'

Anne trok een lichtblauwe blouse uit de stapel.

'Ach gos,' zei ik, afgeleid, 'die had je moeder de laatste avond aan.'

'Daar is dit flesje voor,' zei Anne. En ze las: 'Rode wijn, bessen, jam.'

Kenny sprong op. 'Jij kiest ook altijd voor gif!' gilde hij. 'Ook die vreselijke pillen die je slikt!' Hij beende weg over het gazon. Verbaasd keken we hem na.

'Ik zou het maar laten,' zei ik tegen Fiep. 'Alleen als ze er echt naar vragen.'

Ze knikte, alweer zo afwezig. Ineens had ik er genoeg van. Ik begon mee te voelen met Noa. Ze had groot gelijk met haar vlucht naar een ander continent. Hoe ging die regel van Elsschot ook alweer: *naar een ander lief in enig ander land...* Weg ermee, met die oude kleren, die brieven, de dagboeken.

'Tot morgen.' Ik stond op en liep naar het koetshuis.

Ik sla haar dood en steek het huis in brand.
Ik moet de schimmel van mijn stramme voeten
wassen
en rennen door het vuur en door het water plassen
tot bij een ander lief in enig ander land.

Toen dacht ik weer aan Fiep, die zich op een avond, toen we allemaal in de tuin aan tafel zaten, naar me toegebogen had en zachtjes had gezegd: 'Dit is altijd mijn droom geweest: lange tafels vol lachende, etende, drinkende mensen. Zoals in de tijd van mijn ouders. Mijn moeder die met schalen eten aankwam. Waarom is mij dat niet gelukt?'

Dat had ik later aan Thijs verteld, maar die had gezegd: 'Tafels vol etende, lachende mensen is een beeld uit de STER-reclame, en die grossiert per definitie in onbereikbare idealen.'

Daar had ik een tijdje over na liggen denken. Oom

Friso kon wel leuk op zijn hoofd staan, maar blijkbaar was hij berooid, ongelukkig en aan de drank geweest. En wat moest tante Lidewij, die zo vrolijk met hoog opgetaste schotels de keuken uit kwam lopen, vaak moe, wanhopig en eenzaam zijn geweest.

In het koetshuis zag ik niets wat aan een klauw deed denken. Uiteindelijk pakte ik een hak met een lange steel, die me ook geschikt leek om waterplanten mee uit het water te trekken. Govert zou er niet zijn om me de les te lezen, want het was donderdag en dat was zijn vaste huishouddag. Op zondag werkte hij ook niet in de tuin, maar kwam hij wel langs en liep hij in rare, nette kleren langs de bedden, zonder ook maar één sprietje uit te trekken.

Ik wilde net mijn tuin op lopen toen ik mijn naam hoorde roepen.

Guusje kwam aanrennen, half lopend, half rennend, zwaaiend met haar armen, alsof er een bijenzwerm achter haar aan zat. Ik gooide mijn spullen neer, rende naar haar toe en greep haar handen.

Haar mascara liep in zwarte strepen over haar gezicht, ze snikte en hijgde. 'Kenny!' piepte ze. 'Hij gaat het doen! Kenny heeft een ladder! Hij zit in de boom met een zaag!' Haar adem maakte een raspend geluid.

Dat Govert er nou net vandaag niet was!

'Haal Thieu!' Ik draaide haar om aan haar schouders en gaf haar een duw die haar voorover deed tuimelen.

Ik rende terug naar mijn tuin om iets te halen waarmee we Kenny de boom uit konden slaan. Een hark? Op dat moment struikelde ik over de hak met de lange steel die ik net uit het koetshuis had meegenomen. Ik viel hard op mijn handen en knieën en kwam tot bezinning. Wat konden we eigenlijk doen? Voor zover ik wist had Kenny het volste recht zijn eigen boom te snoeien, al was die dan voor de helft van Guusje. Ikzelf had er al helemaal niets mee te maken en zat allerminst te wachten op ruzie met de griezel die Annes echtgenoot leek te gaan worden.

In de verte kwamen Thieu en Guusje naast elkaar in looppas aanzetten. Ze verdwenen onder de pergola de tuin in. Ik versnelde mijn pas, met nieuwe hoop.

Kenny stond hoog op de ladder. Vanaf zijn schouders ging hij schuil in de bladerkroon van de majestueuze boom. Het zonlicht kleurde de peertjes geelgoud en veranderde het gebladerte in een fonkelende suikerspin.

Met zijn linkerhand hield Kenny zich krampachtig aan een tak vast, terwijl hij met zijn andere hand onhandig manoeuvreerde om de zaag naar de juiste hoogte te krijgen. Er vielen een paar kleine, onrijpe peertjes naar beneden. Zojuist had hij nog bij Anne en Fiep op de waranda gezeten. Wat mankeerde die man ineens?

'Als je die ladder niet af komt, dan trék ik je d'r af!' schreeuwde Thieu. 'Moordenaar!'

Moordenaar, dat was het goede woord. Een boom

van honderd jaar oud aanvallen, de enige saffraanpeer van Nederland. En die gek, die malloot, die bezetene, stond daar met een zaag.

Guusje huilde.

Er was enige beweging in de bladeren. De zaag werd opgetrokken en onhandig op een dikke tak geplaatst. Weer viel een regen van harde, groengele peertjes naar beneden.

Thieu sprong naar voren en schudde aan de ladder terwijl hij nogmaals schreeuwde: 'Kom eraf, klootzak!'

Nu had Kenny beide handen nodig om zich vast te houden. Toen Thieu ophield met schudden, bracht Kenny zijn arm naar beneden en begon met de zaag onder zich te slaan. Het zag er traag, machteloos en tegelijkertijd dreigend uit.

Thieu sprong grommend de ladder op, klom twee sporten omhoog, greep het zaagblad en gaf er een harde ruk aan. Kenny liet los en wankelde, zijn linkerbeen ging zijwaarts omhoog en hij sloeg beide armen om de ladder, als een dronken matroos aan een lantaarnpaal. Thieu sprong op de grond, zwaaide met de zaag en riep: 'Klootzak! Moet ik je benen eraf zagen!' Hij gooide de zaag weg, ging de ladder weer op en trok Kenny aan zijn kuit.

Kenny trapte met zijn andere voet. Hij riep iets wat klonk als: 'Nie! Nie! Nie!'

Toen zakte hij door zijn knie en viel glijdend naar beneden. Thieu sprong achteruit. Kenny landde op zijn achterste in het gras. Thieu gaf hem een trap en riep: 'Wil je vechten? Kom dan! Dan vechten we het uit! Als je godverdomme nog één keer aan die boom komt, dan trap ik je helemaal verrot!'

Kenny bleef liggen kermen. Ik had niet de indruk dat hem iets mankeerde. Na een tijdje kwam hij overeind. Eerst op handen en voeten, toen stond hij rechtop. 'Daar ga je nog van horen!' riep hij met een hoog stemmetje.

'We kunnen het uitvechten! We kunnen het uitvechten!' riep Thieu. 'Klootzak!'

Kenny liep weg. Hij probeerde zijn rug recht te houden, maar hij liep met onwaardige snelheid.

Mijn hart bonsde zo hard dat het pijn deed. Ik hield Guusjes hand stevig vast en wist niet hoe ik haar nog los kon laten.

Thieu liep met kleine, stijve pasjes naar een afgezaagde boomstronk en ging zitten.

Ik pelde onze vingers los, ging naar Thieu toe, liet me op mijn hurken zakken en vroeg: 'Gaat het?'

Hij keek me met starre ogen aan.

Guusje huilde nog steeds.

Onhandig kwam ik overeind, haalde een tuinstoel en klapte die uit. Mijn handen beefden. 'Een glaasje water, een glaasje water.' O, enig soelaas bij rampspoed. Op slappe benen liep ik naar Kenny's kist. Zijn waterflesje was gevuld met een groen goedje dat naar broccoli rook. Daarnaast lag een jeneverfles met een half afgescheurd etiket. Ik schroefde de dop eraf maar er kwam zo'n smerige lucht uit dat ik de fles weer dichtmaakte en teruglegde. Al het gereedschap zat dik onder de modder. Die zaag was natuurlijk ook veel te roestig geweest om veel kwaad mee aan te richten. Die moest ik straks maar in de sloot gooien.

'Heb jij water?' vroeg ik aan Guusje.

'Nee,' snikte Guusje. 'Wel een flesje wijn, voor als Guus straks komt. Een gewürztraminer. Ik heb ook twee glaasjes bij me...'

We beefden allebei zo dat het ons de grootste moeite kostte nog een stoel uit te klappen, de kurk uit de fles te krijgen en twee glaasjes in te schenken.

Daar zaten we, met z'n drieën. Een briesje trok ritselend door de kruin van de saffraanpeer. We namen een slokje, zwegen en keken elkaar met geschrokken gezichten aan.

Toen zuchtte Thieu diep. Hij veegde zijn mond af. 'Ik heb een ambivalente relatie met geweld. Maar soms werkt het verdomde goed.'

'Had dat nou niet anders gekund?' snikte Guusje.

'Dit was zinloos geweld tegen de boom en tegen jou. Je moet blij zijn, trut. O pardon,' zei ik.

Thieus ogen waren nog steeds strak opengesperd. 'Het duurt een kwartiertje voor ik gekalmeerd ben.'

'Laten we de fles maar leegdrinken. Ik bel Guus wel even om te zeggen dat hij een nieuwe meeneemt. Thuis hebben we een heel kistje van deze gewürztraminer.'

⋅❧

De verrassingen waren nog niet voorbij. Toen ik thuiskwam, zat mevrouw Blok met Thijs te praten.

'Lieverd, mevrouw Blok vraagt wanneer wij Koos voor het laatst gezien hebben.'

'Koos?'

'Koos Bettensleek, zei mevrouw Blok. 'Ik begrijp van uw man dat u elkaar goed kent.'

Thijs trok zijn wenkbrauwen op. 'Dat heb ik niet gezegd. Ik zei dat we vaak over vogels praatten.'

'Ik bedacht laatst juist hoe weinig we van Koos weten, zei ik. 'Ik weet niet eens waar hij woont. Hij verschijnt gewoon zo nu en dan.'

'En wanneer is dat voor het laatst gebeurd?'

Thijs en ik keken elkaar aan. Was het gisteren geweest, eergisteren? Alle dagen leken zo op elkaar. Nou ja, tot voor kort dan.

'Drie dagen geleden?' aarzelde ik.

'Zou u mij willen bellen als u Koos ziet? Ik zal u mijn kaartje geven. U mag me altijd bellen op dit nummer, ook 's nachts. Geen enkel probleem.'

'Is Koos verdwenen? Misschien weet zijn moeder waar hij is.' Terwijl ik het zei, besefte ik dat ik Zwanet ook al enige tijd niet gezien had.

Cora belde om te zeggen dat ze nog een nachtje in Harlingen bleven. Ab had een zeilboot gehuurd. Ook in Friesland was weliswaar geen zuchtje wind te bespeuren, maar op het water was het toch iets koeler dan op het land.

Ik vertelde dat Koos vermist werd.

'Misschien kun je hem lokken met pillen, zei Cora. 'Gewoon buiten wat op het pad strooien.'

Ik nam een douche en trok schone kleren aan, die binnen een kwartier alweer plakkerig aanvoelden. Thijs stelde voor een wandeling te maken, hij had de hele dag nog niet gelopen en wilde kijken hoe ver hij kwam.

Het was te warm om hem een arm te geven, dus pakte hij de tak die ik in het bos had gevonden en die hij als wandelstok gebruikte.

Zwijgend liepen we door het stille, warme bos. Ik keek op mijn horloge. Er zou wel niemand meer op de tuinen zijn. We liepen langs de haag van Thieu. Er kraakte iets tussen de ligusters en ik greep Thijs' arm. Hij keek me vragend aan. Ik schudde mijn hoofd en luisterde ingespannen.

'Vogel?' vroeg Thijs.

'Groter. Vos misschien. Marter.'

We vervolgden onze weg en liepen mijn tuin op. Thijs had weinig oog voor mijn groente, maar keek geïnteresseerd naar het heermoes, het riet en het pijl-kruid.

'Waarom kijk je alleen naar onkruid?' vroeg ik. 'Govert haat riet evenzeer als bamboe. Ik vind het wel jammer dat we het weg moeten halen, maar ik neem aan dat er geen nesten meer tussen zitten. Kijk, daar zijn de mandarijneenden weer. Had ik je verteld van dat gesprek tussen Govert en Thieu toen we hier voor het eerst aankwamen?'

Via de route van het koetshuis wandelden we terug en zwaaiden naar Anne en Fiep, die samen in de tuin zaten. Fiep kwam vlug op ons af lopen. Haar gezicht stond bezorgd. 'De politie heeft Zwanet opgehaald voor verhoor. En daarna belde Blok ons om te vragen of we nog meer brieven van mijn moeder hadden en of we haar wilden bellen als Koos contact met ons opnam. Wat zou dat nou weer allemaal te betekenen hebben? Gaat het wel, Thijs?'

'We hebben een nogal stevig ommetje gemaakt.

Als je het goedvindt, wil ik nu graag naar huis, om even bij te komen.' Thijs zag akelig bleek. We namen afscheid en liepen heel langzaam terug naar ons huisje. Er vielen een paar druppels, maar de regen zette niet door.

◆

Toen ik de volgende ochtend tegen elven de tuinen op liep, zag ik overal agenten en wezens in witte pakken die zich vooral rond de tuin van Guusje ophielden. Zouden er weer stukjes van oom Friso gevonden zijn?

'Judith!' Guusje zat op het bankje in de tuin van dokter Zeelenburg. 'Zulk goed nieuws: Kenny is dood!'

'Kenny? Dat kan niet. Ik heb hem gisteren nog gezien!'

'Maar nu is hij dood. Hij lag onder de saffraanpeer,' zei ze opgewonden. 'Precies onder de tak die hij had willen afzagen! Ik dacht nog: net goed! Hij is toch weer gaan zagen en toen is hij uit de boom gevallen. Ik schrok eigenlijk helemaal niet. Ik sloeg een kruisje en ik geloof dat het van vreugde was. Ik wilde dokter Zeelenburg halen, ik was de tuin al bijna uit en toen ben ik toch weer omgedraaid om te controleren of hij dood was. Ik heb een beetje tegen hem aangeduwd, maar hij was echt dood, hoor. Dokter Zeelenburg zei het ook direct: "Zo dood als een pier." Ik zei nog: "Hij is natuurlijk uit de boom gevallen bij het zagen," en toen zei dokter Zeelenburg: "Ik zie geen zaag en ik zie geen ladder." Ik voelde me zo stom!'

'Kenny,' herhaalde ik. 'Ik kan het bijna niet geloven. Hoe zag hij eruit?'

'Vreselijk!' zei Guusje tevreden. 'Hij had het in zijn broek gedaan en overgegeven en daar was hij blijkbaar doorheen gaan liggen rollen, dus het zag er echt afschuwelijk uit. Dokter Zeelenburg zei direct: "Dood door gif". Zou er iets in die wijn van hem gezeten hebben? Heb je die ooit gedronken? Je wist niet wat je meemaakte. Zijn flesje lag naast hem, dat Mickey Mouse-flesje, weet je nog? Hij had er ook een broodtrommeltje van. Hij vertelde me eens dat hij elke ochtend een uur bezig was om zijn prakje van de dag te maken. Dat droeg hij dan de hele dag met zich mee.'

'Misschien heeft hij gluten met melksuiker gegeten,' zei ik. 'Met een sausje van citrus en blauwe kaas. En een enkel gesnipperd pistachenootje.'

Guusje giechelde. 'We hebben de politie gebeld en zijn bij Kenny gebleven. Dokter Zeelenburg heeft nog limonade en koekjes gehaald, heel gezellig. We zijn wel een paar meter verderop gaan zitten, want het rook nogal. De politie was er heel gauw en zette de boel af. En toen moesten we natuurlijk weer tien keer vertellen hoe het gegaan was. Nou, dat was nogal simpel.'

'Anne!' schrok ik.

'Anne is door het oog van de naald gekropen. Dat zal ze later begrijpen. Stel je voor dat ze echt met die vreselijke man getrouwd was, dan zou ze binnen een jaar in een inrichting hebben gezeten! Ik geloof dat dokter Zeelenburg ook echt opgelucht was, al zei hij alleen maar: "De dingen gaan zoals ze gaan moeten."'

'Misschien heeft hij de dingen een duwtje in de rug gegeven door wat van zijn gif in Kenny's flesje te doen,' zei ik.

'Ja, dat kwam ook even bij mij op. Maar dan zou hij niet zo dom zijn om naast het lijk te gaan zitten met mij. Dan zou hij een dagje zijn thuisgebleven.' Ze zuchtte. 'Dat het toch zó goed af zou lopen! Ik heb Guus ook al gebeld. Hij zegt: "Vanavond trekken we een mooie fles champagne open!" We hebben nog een Dom Perignon staan, eigenlijk voor mijn verjaardag. Maar ja...' Ze keek me guitig aan.

⁓

De politie was overal. Rechercheurs, agenten en technici zwermden rond, in groepjes of apart.

Ik moest het verhaal over Kenny, Thieu en de zaag telkens herhalen. Ik was zo verdwaasd dat ik het precies zo vertelde als het gegaan was, zonder erbij stil te staan dat ik Thieu hiermee in een ongunstig daglicht stelde. Hoe je in een dergelijke staat ooit iets voor de politie zou kunnen verbergen was me een raadsel. Ze leken alles al te weten en als ik dan knikte of ja zei, vroegen ze direct door, heel kalm, en bleek ik weer iets prijsgegeven te hebben.

Ik verbaasde me erover hoeveel er in de afgelopen stille, lome weken was gebeurd en hoeveel ik wist van alle mensen van wie ik kortgeleden nog nooit had gehoord.

Opnieuw bleek ik een belangrijke getuige, niet alleen doordat ik aanwezig was geweest bij de vechtpartij, maar ook doordat ik de avond tevoren met Thijs nog langs de tuin gewandeld had.

'Maar toen was er niemand!' Op het moment dat ik het zei, besefte ik dat ook dát van belang was en onmiddellijk ging ik bij mezelf na: hadden we werkelijk niemand gezien?

Mevrouw Blok zag mijn aarzeling.

'Ik dácht dat ik iets hoorde,' zei ik met lichte tegenzin, 'maar dat was geen mens. Dat klonk als iets ter grootte van een vos of een boommarter. Groter dan een merel of een eekhoorn. Misschien een buizerd.'

'Waar was u toen u dat geluid hoorde?'

Ik stond op en liep naar het pad. Mevrouw Blok liep met me mee. 'Daar ongeveer.' Ik wees naar de plek waar de technische recherche bezig was, nog geen vijf meter verderop, bij de pergola. O god! Ik sloeg een hand voor mijn mond. 'Misschien lag Kenny er al toen we daar liepen! O, ik hoop dat hij al dood was!'

'En waarom hoopt u dat?'

Ik keek haar geërgerd aan. 'Omdat we hem anders misschien nog hadden kunnen redden! Maar nee, het was een heel stille avond, we hebben juist nog heel goed staan luisteren na dat gekraak. Als Kenny daar had liggen kreunen, hadden we hem zeker gehoord.'

'En wie heeft u verder die avond nog gezien?'

Ik was opnieuw geïrriteerd. Zo langzamerhand begon ik de verhoormethoden van de politie te doorzien, ze vroegen alles twee of drie keer en hoopten dan dat je je versprak.

'We hebben niemand gezien. Er was niemand. We

hebben het hele pad afgelopen, langs alle tuinen en er was niemand. Misschien lagen her en der mensen in het struikgewas met kromzwaarden en flessen gif, maar die hebben we dan niet gezien.'

'Ik begrijp dat dit moeilijk voor u is.'

Dat maakte me nog bozer. 'Het is helemaal niet moeilijk! Ik heb gewoon niemand gezien! 's Avonds dan.'

'En wie heeft u gedurende de dag gezien?'

'Thieu en Guusje natuurlijk.' Ik zweeg. 'Wat gek, eigenlijk verder niemand. Govert was er niet, want die is er nooit op donderdag, Dokter Zeelenburg zag ik ook niet. Guusje rende de andere kant op, maar die heeft, denk ik, ook niemand gezien.' Ik keek naar Guusje, die elders op de tuin ondervraagd werd.

'Was dat uitzonderlijk?'

Ik knikte langzaam. 'Ja, eigenlijk wel. Er zijn niet veel tuiniers meer, maar meestal is de vaste kern wel aanwezig. Zwanet, maar goed, die schijnt nu bij u in de cel te zitten.' Ik zweeg een moment. We wisten nog altijd niet waarom Zwanet was opgepakt. Vragen was zinloos bij de politie. 'Govert en dokter Zeelenburg. Thieu is er ook bijna altijd, die zie je niet omdat hij een hoge heg om zijn tuin heeft. Guusje komt op onregelmatige tijden en ik ben er vaak 's middags. Kenny kwam altijd op de raarste tijden in- en uitlopen, die is tegenwoordig natuurlijk meestal in het grote huis.'

'Waarom is dat?'

Ik kon mijn tong wel afbijten. 'Omdat hij bevriend is met Anne Lanssen,' zei ik terughoudend.

Toen ze eindelijk uitgevraagd waren, liep ik naar

mijn eigen tuin. Ik rook een walgelijke geur en even dacht ik dat ook hier een lijk lag, maar het was een grote berg bemodderde waterplanten die in het gras op de oever was getrokken. Een gele dotterbloem stak vrolijk af tussen de slijmerige zwarte wortels.

'Voor een herstellingsoord heeft deze plek wel een hoog mortaliteitscijfer,' reageerde Thijs toen ik hem verslag gedaan had van de laatste ontwikkelingen. 'Dit is nu de derde dode. *Et in arcadia ego.*'

'Tante Lidewij telt niet mee, die was al heel oud.'

'Ik vind tachtig niet heel oud.'

'Nee, naar huidige begrippen niet. Ik bedoel, dat was een natuurlijke dood. En volgens de politie is oom Friso vermoord, maar dat was al 25 jaar geleden en we moeten nog zien of dat wel echt moord is geweest.'

'Ik vind wel dat je even naar Anne moet gaan,' zei Thijs.

'Straks. Als de politie klaar is. Al dat gepraat. We kwamen hier nota bene voor de stilte.'

Maar zelf konden we ook niet zwijgen. Hoe had Kenny zo plotseling dood kunnen gaan? Waar was Zwanet? Wat hadden die twee met elkaar te maken? Zou het samenhangen met de vondst van de schedel, of waren dit twee volkomen verschillende zaken?

Ik legde mijn schrijfstudenten altijd uit dat een verhaal afweek van de werkelijkheid omdat in een verhaal de ene gebeurtenis logisch voortkwam uit de andere. Dan was er altijd wel een leerling die opmerkte dat het leven van toevalligheden aan elkaar hing, waarop ik dan weer zei dat een verhaal een constructie was, bedoeld om orde aan te brengen in de chaos van alledag. Bij het woord 'constructie' stond ik op, draaide me om en schreef op het bord: CONSTRUCTIE. Het stuitte altijd op veel tegenstand. De kunst moest het leven toch imiteren?

'Aan het eind van de cursus zullen jullie zien dat het andersom is,' zei ik dan. 'Het leven imiteert de kunst.'

Tegen vieren wandelde ik naar het grote huis. Van ver zag ik al dat Anne weer bezig was met de kleren van tante Lidewij, die ze met trage gebaren in vuilniszakken stopte. Ze keek op toen ze me zag. 'Noa had gelijk,' zei ze. 'We doen alles weg.'

We omhelsden elkaar. Ze snikte even. 'Ik heb een stevig kalmeringsmiddel gekregen. Dus ik ben misschien niet altijd even coherent.'

Ik begon kleren te vouwen. Dat was weliswaar nutteloos, maar het gaf me iets te doen.

'Dokter Zeelenburg is langs geweest. Hij zegt dat Kenny beslist geen zelfmoord heeft gepleegd.'

Thijs zou hebben gezegd: en waar baseert dokter Zeelenburg dat op? Maar ik vroeg: 'Was je daar bang voor?'

'Ik had het gisteren uitgemaakt,' zei ze simpel. 'En hij was heel boos.'

'Uitgemaakt? Wanneer?'

'Net voordat jij kwam. Hij was door een wesp gestoken en ik liep met hem naar binnen om er wat op te doen. Toen zag ik mezelf in de spiegel van de badkamer. Ik zag er precies zo uit als op de foto's van lang geleden, vlak voordat ik werd opgenomen. Mijn mond was een rechte streep en ik had een diepe frons. Ineens besefte ik dat ik er elke keer zo uitzag als Kenny er was. En toen heb ik gezegd dat ik graag vrienden wilde blijven, maar verder niet.'

Mijn gedachten gingen terug naar de vorige dag. Dus daarom was Kenny zo woedend weggelopen en had hij de saffraanpeer aangevallen met zijn zaag. Dat had me hogelijk verbaasd: ik had gedacht dat hij zijn dreigement nooit zou uitvoeren, dat het alleen was om Guusje te treiteren.

'Wat vreselijk voor je.'

Kalm ging Anne door met de kleren. 'Het was niet goed en nu is het voorbij. Het zal wel even duren voor ik ben bijgetrokken.' Ze glimlachte. 'Ik ben blij dat jullie er zijn. Zulke oude vriendinnen.'

Ik kreeg tranen in mijn ogen.

'En nu wil ik er niet meer over praten. De politie is ook al geweest.'

'Kunnen we iets voor je doen?'

Nee, dat konden we niet.

Fiep was in de keuken met het zilverwerk bezig. 'Therapeutisch poetsen,' zei ze, zonder op te kijken. 'Van mijn moeder geleerd.'

'Zal ik helpen?'

'Je mag ze uitwrijven.'

Ik ging zitten en pakte een doek.

'Anne is godzijdank direct weer met haar medicatie begonnen,' zei Fiep zonder inleiding. 'Ik was radeloos. Kenny maakte haar helemaal gek.'

'Snap jij wat er gebeurd kan zijn?'

'Nou, geen zelfmoord in elk geval.' Ze keek grimmig. 'Die kwal vond zichzelf onmisbaar voor de mensheid. Hij zou hier wel even de boel overnemen! Met zijn brandnetelplantages voor randgroepjongeren! Hij wilde nota bene hier in dit huis komen wonen! In mijn deel!' Fiep snoof.

'Wist je dat Natuurmonumenten op die manier is ontstaan? Op landgoed 's Graveland. Daar woonde de rijke mevrouw Six. Ze trouwde met een veel jongere man, ene meneer Blaauw, die een soort dierenpark begon aan te leggen, met witstaartgnoes en blesbokken. Het was een nare kerel en zij was zo ongelukkig met hem dat ze een timmerman liet komen die een schot timmerde, dwars door de slaapkamer, dwars door het bed. Zij lag aan de ene kant van het schot, hij aan de andere.'

Eindelijk kon er een lachje af. 'Wat lastig bij het opmaken!'

'Die man liet zijn vrouw gek verklaren en in een dwangbuis afvoeren. Kon hij lekker nog een kudde bizons kopen, zonder dat zij zat te zeuren over de rekeningen van de slager en de groenteboer. Ik verzin het niet, ik heb iemand begeleid die hier een boek over wilde schrijven. Mevrouw Six is toch weer uit die inrichting gekomen en toen ze stierf bleek ze het hele landgoed aan Natuurmonumenten te hebben nagelaten. De weduwnaar werd razend en vocht het testament aan door te zeggen dat zij geestesziek was geweest toen ze het liet opmaken. Maar hij verloor de zaak. Thijs en ik zijn er weleens naartoe geweest. Een mooi landgoed.'

'En wat bedoel je nu met dit verhaal?' Fiep stond op en draaide zich van me af.

'Niks,' zei ik verbouwereerd. 'Ik dacht er gewoon aan. Misschien bedoel ik dat uit iets slechts soms nog iets goeds kan voortkomen.'

Ze knikte.

'Is Noa er niet?' vroeg ik maar.

'Die is terug naar Nieuw-Zeeland. Ze laat jullie groeten.'

'Nou, dan stap ik weer eens op,' zei ik onhandig. 'Mochten we iets voor jullie kunnen doen, laat het dan weten.'

Nu keek ze eindelijk op. 'Er is iets wat ik heel graag wil. Ik wil de hele middag in bad liggen. En dan wil ik mijn mooiste jurk aantrekken en met z'n allen uit eten. Niet hier bij de chinees, maar in de stad, waar niemand ons kent. Ik wil er zó graag even uit!'

'Doen we,' zei ik. 'Wij trakteren.'

In de loop van de middag kwamen Cora en Ab thuis, allebei licht verbrand van de zeiltocht. Cora was opgetogen door alle ontwikkelingen. 'Wat een geweldig nieuws!'

'Jij hebt Kenny niet gezien in zijn braaksel en zijn urine. Ik ook niet, maar het moet een vreselijke dood geweest zijn.'

'En toch dacht ik toen je het vertelde aan de telefoon: dit is de beste oplossing.'

Ook wij gingen om beurten in bad, staken ons haar op en kleedden ons met aandacht. Het was nog altijd warm, maar niet meer zo drukkend. We voelden ons vrolijk, op het roekeloze af.

'*Zal ik mijn roze jurk aantrekken of mijn blauwe?*' Cora's ogen glinsterden.

We begonnen onbedaarlijk te lachen. De mannen keken zwijgend toe.

'Nu zijn ze helemaal gek geworden,' zei Ab tegen Thijs.

Cora veegde de tranen uit haar ogen. '*De Lorrenkoningin*. Eerste zin. Glazantrina komt op.'

'Glazantrina?'

'Dat vonden we toen een mooie naam.'

Anne en Fiep genoten zichtbaar van het uitje. Ab had zijn mooiste Italiaanse pak aangetrokken en zelfs Thijs droeg een jasje. Het restaurant was plezierig deftig, met linnen servetten.

'Op de levenden.' Ab hief zijn glas.

'Op de toekomst,' zei Anne onverwacht.

'Op oude vriendschappen.' Dat was Cora.

Thijs knikte naar Anne. 'En op de gestorvenen.'

Ab nam een slok. 'Goddelijk. Mag ook wel, voor die prijs.'

'Op Groenlust!' Fiep zette haar glas neer. 'Ik zal jullie even bijpraten over de laatste ontwikkelingen. We weten inmiddels waar dat gif vandaan kwam. Uit een fles die bij Kenny in de kist lag. Een jeneverfles met gif. Mevrouw Blok kwam het ons vertellen.'

'Die vreselijke vlierbessenwijn?' vroeg Cora.

'Nee, écht vergif. Pure… Anne, hoe heette het ook alweer?'

'Parathion.'

'Pure parathion, onverdund. Daar schijn je een mammoet mee te kunnen vellen. Het is allang niet meer in de handel, maar tot de jaren zeventig werd het met hectoliters over de gewassen gegooid.'

'En heet dat parathion?' zei Cora. 'Thion, thion, dat klinkt juist als godendrank.'

'Ik heb die fles in mijn handen gehad,' zei ik. 'Na de knokpartij van Kenny en Thieu bij de saffraanpeer ging ik op zoek naar water. Ik kwam bij de kist van Kenny en daar lag die jeneverfles. Er stond PAR op. Ik dacht aan "paraffine" en dacht nog: wat moet je nou met paraffine op een tuin?'

'De vraag is eerder wat je doet met landbouwgif op een tuin!' zei Cora vinnig.

Wat had Guusje ook alweer gezegd? *Hij had eiken-processierupsen op de tuin. En hij heeft niet eens een eik!*

Ik gaf met mijn vlakke hand een klap op tafel. 'Hij heeft het gebruikt tegen de eikenprocessierups!'

'Maar waarom bewaart iemand in vredesnaam gif in een jeneverfles?' vroeg Ab.

'O, dat deed pappa ook,' zei Fiep. 'Vroeger ging je

met je oude jeneverflessen naar de plaatselijke winkelier en die tapte de terpentine, de wasbenzine of de onkruidbestrijder uit een groot vat in je eigen fles. Een soort kringloop avant la lettre. Op die manier heeft pappie nog eens een enorme slok terpentine binnengekregen. Hij dacht een slokje jenever uit de fles te nemen. Huppetee. Meteen naar de eerste hulp.'

'Misschien is het bij Kenny ook zo gegaan,' zei ik tegen Anne.

Fiep schudde haar hoofd. 'De politie is meestal niet zo scheutig met informatie. Maar omdat Anne bang was dat Kenny opzettelijk een slok uit die fles had genomen, vertelde mevrouw Blok dat er ook gif in het Mickey Mouse-flesje zat waarin hij altijd zijn watertjes en zijn sapjes met zich meenam. Hetzelfde gif. Vinden jullie dat niet raar? En dat zou betekenen dat het geen zelfmoord is geweest. Want waarom zou hij eerst gif uit de jeneverfles in zijn sapflesje doen en dan pas een slok nemen?'

'Misschien hebben de kaboutertjes dat gedaan.' Thijs keek met een schuinse blik naar Cora.

Maar die pareerde handig: 'Drink louter Kabouter!'

'Touché,' zei Thijs. 'Dat jij dat nog weet, zo'n reclameleus uit de jaren vijftig.'

'Onze vader dronk ook jenever van het merk Kabouter. Er stond een heel leuk plaatje van een kabouter op de fles. Misschien is toen mijn kabouterliefde begonnen. Hoe dan ook, ik blijf het ongelofelijk vinden dat Kenny ons de hele tijd de les zat te lezen en zelf een of ander walgelijk landbouwgif gebruikte.'

'Als je het allemaal zo goed wil doen, wordt de behoefte aan zondigen groter,' zei Thijs. 'De grootste heiligen beginnen als zondaar. Sterker nog, zonder zonde geen heiligheid.'

Anne glimlachte naar Thijs. 'Dat is erg aardig van je, maar Kenny was zeker geen heilige. Ik heb hem zelfs weleens zien roken. Blowen deed hij ook. En hij gebruikte paddo's. Misschien dat hij een beetje stoned was en heeft hij toen een vergissing met die flessen gemaakt.'

'Er zat geen enkele vingerafdruk op de flessen,' zei Fiep. 'Behalve die van Kenny. Er is nog ander nieuws. Ik vind het een vreselijk onderwerp en ik kan het eigenlijk ook nog niet geloven. De politie heeft alle dagboeken en brieven van mijn moeder door zitten vlooien en het schijnt dat onze vader lang geleden een verhouding met Zwanet heeft gehad.'

Ik probeerde me oom Friso in tedere omhelzing met Zwanet voor te stellen.

Ook Cora zei: 'Oom Friso, nee… Met die vreselijke Zwanet!'

'Geloof het of niet,' zei Fiep, 'maar het schijnt dat Zwanet vroeger beeldschoon is geweest. Alle jongens van het dorp zaten achter haar aan. Ze had het te hoog in de bol, volgens sommigen. Ze wilde hogerop. Nou ja, dat is bij mijn vader dan wel gelukt. Ik geloofde er eerst ook niet in, maar later dacht ik terug aan alle keren dat mijn vader in Het Zwaantje bleef hangen, of onvindbaar was. Mijn moeder begreep nooit waar hij uithing. Nu denk ik: die lag met zijn dronken kop gewoon boven het café bij Zwanet in bed!'

Opnieuw viel me een gespreksflard in, helemaal aan het begin van ons verblijf in Groenlust. Govert bij de brug met Thieu over de mandarijneenden. Wat had hij ook alweer precies gezegd? *Bij het ouder worden nemen de mannelijke hormonen toe. Dat zie je ook op de tuin: de vrouwen knippen hun haar af, ze lopen op slippers, ze krijgen een baard.* En ook: *Het schijnt het mannetje niks te kunnen schelen, hij gaat er nog elke lente bovenop.*

Er was nóg iets. Iets wat ik in het voorbijgaan had geregistreerd zonder dat het echt tot me was doorgedrongen. Ik dacht ingespannen na terwijl ik half luisterde naar het vervolg van het gesprek. Een zin, een woord, er was iets geweest. Maar wat?

'De politie wilde natuurlijk weten wat wij ervan wisten,' zei Anne. 'Maar wij hebben het nooit geweten. Ze hebben Zwanet meegenomen voor verhoor en die zwijgt als het graf.'

'Als tante Lidewij die verhouding had ontdekt,' zei Cora, 'zou ze dat bij zijn verdwijning dan niet tegen de politie hebben gezegd?'

Fiep en Anne schudden hun hoofden.

'Nee, dat zou ze nooit doen,' zei Anne. 'Ik weet niet eens of ze het zo heel erg vond. Misschien kwam het haar wel goed uit dat mijn vader ook een beetje een scheve schaats reed. Waarbij we overigens niet moeten vergeten dat we helemaal nog niet weten wat er precies van waar is. Hij is gewoon met zijn dronken kop in de schoot van Zwanet gerold en die heeft haar klauwen toen in hem vastgeslagen.'

Dat was het. De klauwen van Zwanet. De gele dotterbloem op de berg stinkende blubber. De kist van

Kenny die één keer opengestaan had. Het dreigende onweer. Het paste allemaal precies in elkaar. Mijn hemel, wat was het eenvoudig!

'Judith, jij hebt nog geen dronk uitgebracht.' Cora hief haar glas. 'De dertiende fee! Spreek!'

Ik keek de kring rond. Was ik werkelijk de enige die wist wie Kenny vermoord had? Of was het een zinsbegoocheling? Vlak voordat ik in slaap viel had ik vaak prachtige ideeën voor verhalen die in het morgenlicht niets bleken voor te stellen.

Ik zette mijn glas op tafel. 'Ik weet het even niet. Jullie houden hem tegoed.'

'De dorpsomroeper zwijgt,' zei Ab spottend.

En ook Fiep riep: 'De grote schrijfster heeft geen woorden!'

'Ik wil maar zeggen,' zei ik, 'dat alles heel belangrijk is.'

Toen we naar huis reden, begon het eindelijk te regenen. Eerst nog zachtjes, maar allengs harder. Ab schakelde terug. Fijn was dit, zo in het donker met z'n allen in de veilige warmte van de auto. Ik overwoog om 'goed voor het gewas' te zeggen, maar deed het niet.

'Goed voor het gewas,' zei Thijs.

Heel langzaam reed Ab de brug op. Ik stapte de auto uit om het hek te openen en was meteen doorweekt. De regen kwam in loodrechte stralen naar beneden. Heel even overwoog ik om te gaan lopen, door het donker en de regen. Maar dat zou Cora niet goedvinden. De auto gleed langs me heen en ik stapte weer in.

De bomen lichtten op in het schijnsel van de koplampen. Plotseling stond Ab vol op de rem. Omdat ik mijn gordel niet had omgedaan, schoot ik naar voren. Thijs kermde en Cora gilde.

Voor ons op het pad stond een gestalte met zijn armen te zwaaien.

Het was Koos. Verregend, verwaaid, bijna onherkenbaar, met een blik van waanzin in de ogen.

·•·

We stuurden Koos naar boven om te douchen. Thijs stopte krantenproppen in zijn doorweekte schoenen. Cora begon pannenkoeken te bakken en Ab pakte de jeneverfles en vijf glaasjes. De regen tegen de ramen, het sissen van de boter in de pan, het klokken van de fles en zelfs het gestommel in de badkamer droegen bij aan een gevoel van grote behaaglijkheid.

Even later kwam Koos de trap af, op blote voeten, in kleren van Thijs die ik voor hem had klaargelegd. 'Ha, pannenkoeken!' zei hij. Hij deed zich tegoed. 'Sorry dat ik zo onverwacht langskom.'

In koor zeiden we dat dat niet gaf. Koos zuchtte een paar keer diep, keek ons om beurten aan en zuchtte opnieuw. 'Hebben jullie slaappillen?'

'Ik heb nog wel wat in mijn tas,' zei Cora.

'Echte?'

'Mooie echte, chemische pillen. Niet die slappe rommel uit de homeopathie.'

'Mag ik er een? Of twee? En mag ik dan hier slapen? Ik heb in geen dagen geslapen, ik word helemaal gek.'

Ab greep in. 'Koos, straks krijg je een pilletje, maar nu moet je eerst even vertellen wat er allemaal aan de hand is.'

Het was de verkeerde toon. Dit werkte misschien bij piloten in neerstortende vliegtuigen, maar Koos klapte dicht als een pedaalemmer.

'Ik denk dat Koos even helemaal tot rust moet komen,' zei Thijs op zijn prettigste onderwijzerstoon. 'Wil je nog iets hebben misschien? Een kopje thee of koffie? Een borreltje? Ab, hebben we nog een borreltje voor Koos?'

'Thijs, ken jij Columbo?' vroeg Koos gespannen.

'Columbo. Die man met de regenjas. Zeker, daar mocht ik vroeger graag naar kijken met de jongens.'

'Ken jij die aflevering met die lift?'

'Een lift. Dat staat me niet direct helder voor de geest, maar als je nog iets meer vertelt...'

'Het gaat over een vrouw die haar baas heeft vermoord. Dat weet je al vanaf het begin. Dat is altijd bij Columbo. Mijn moeder vertelde eens dat er ook politieseries waren waarbij je niet bij het begin al wist wie het gedaan had. Dat geloofde ik gewoon niet! Ik dacht: hoe kan dat nou spannend zijn?'

Cora schonk jenever in een kelkje. Ik wilde ook nog wel.

'In die ene aflevering verstopt de vrouw het pistool boven het plafond van de lift. Dat gaat heel goed.

Maar door het op en neer gaan van die lift, gaat dat pistool schuiven. En ineens ziet de vrouw dat je het pistool kunt zien liggen! Steeds probeert ze bij de lift te komen en eindelijk lijkt dat te lukken. Met trillende handen weet ze met een ijzeren staaf een paneeltje weg te duwen, het pistool valt, ze pakt het op... en dan komt Columbo binnen! Hij wist het de hele tijd al! En die vrouw heeft weliswaar een moord gepleegd, maar moet je je voorstellen: de rest van haar leven de gevangenis in. Ik kon er gewoon niet van slapen!'

Hij wendde zich tot Cora. 'Hoeveel pillen krijg jij? Ik krijg er maar zeven per week. Ik sta op een rode lijst van dokters en apotheken. Vroeger had de dokter een heel fijne vervanger in de zomer, een jongeman, maar die weet het nou ook. Dus daar krijg ik ook niks extra's meer van.'

Thijs en ik wisselden een blik. Wat moesten we doen als Koos helemaal doordraaide? Ik dacht aan dokter Zeelenburg. Zou Fiep zijn telefoonnummer hebben?

Weer greep Ab in. 'Koos, ik wil niet vervelend zijn, maar als er iets is gebeurd, kun je het beter nu vertellen. De politie staat hier vandaag of morgen weer voor de deur, we kunnen niet zomaar iemand verbergen.'

Koos keek hem aan. Zijn mond hing een eindje open.

'Koos,' zei Thijs, met de stem waarmee hij dertig jaar lang schoolklassen stil had gekregen, 'nu ga je ons rustig vertellen wat er aan de hand is, en natuurlijk is dat lang niet zo erg als je zelf denkt.'

'En jullie vertellen het niet verder?'

We zwegen.

'Ik heb meneer Lanssen vermoord. Per ongeluk! Per ongeluk! Echt waar! Het was op mijn tiende verjaardag. Met een pijl-en-boog.'

'Koos, dat heb je gedroomd,' zei Ab. 'Wat was dat dan voor pijl-en-boog?'

'Uit de speelgoedwinkel. Er zaten pijltjes bij.'

'Pijltjes met van die zuignappen?'

Koos knikte.

'Koos, daarmee kun je godsonmogelijk een volwassen man doodmaken. Daar kun je nog geen muis mee doodmaken. Hoor je me? Het kan niet.'

'Jawel, want ik gebruikte pijltjes van bamboepunten. Weet je hoe scherp die zijn?'

'Al gebruikte je draadstaal, het is natuurkundig gezien onmogelijk dat je met zo'n plastic boogje iemand doodmaakt!'

'Maar als Koos dat nou dénkt,' zei Cora.

Ik zei niets. Ik had me pas nog opengehaald aan bamboe. Toch klonk Koos' verhaal erg onwaarschijnlijk. Ik had ook zo'n pijl-en-boog gehad. Meestal viel de pijl een meter voor je voeten op de grond.

Nu greep Thijs weer in. 'Even terug naar het begin. Koos, jij zegt dat je op je verjaardag een plastic pijl-en-boog van meneer Lanssen gekregen hebt. Begrijp ik dat goed?'

'Nee, van mijn moeder. Ik had vreselijk lang gezeurd om die pijl-en-boog. Eindelijk kreeg ik hem en toen zei mijn moeder: "Koos, als je op een mens richt, breek ik die boog in stukken." En dat heeft ze gedaan. Ze heeft hem in stukken gebroken. Op haar knie. Maar toen had ik meneer Lanssen al doodgeschoten.'

'Het is godsonmogelijk,' herhaalde Ab.

'Jawel,' zei Koos koppig. 'Mijn moeder heeft het me zelf verteld. En ik weet het ook nog goed. Ik mikte precies hier...' Hij wees op een punt in het midden van zijn nek. 'En het was raak. Ik heb een slagader geraakt.'

'Daar loopt helemaal geen slagader.' Ik voelde aan mijn eigen nek. 'Daar zit je atlas.'

'Was er veel bloed?' vroeg Cora.

'Nee! Helemaal niet! Gek hè? Daar heb ik ook zo vaak over nagedacht, dat er helemaal geen bloed was! Misschien heb ik dat verdrongen, dat kan ook natuurlijk.'

'Waar gebeurde het eigenlijk?' vroeg ik.

'Op de tuin van mijn moeder. Daarom wilde ik daar ook nooit naartoe.'

'Hoe kan het dan dat niemand het gezien heeft?'

'Het was op een avond. Het hek was dan al dicht, maar mijn moeder had de sleutel gekregen van meneer Lanssen. Zo konden ze elkaar zien zonder dat iemand het wist.'

Dat klonk aannemelijk.

'En in de winter?'

'Dan kwam hij gewoon bij ons thuis. We woonden boven het café, waar mijn moeder nog steeds woont. Maar nadat meneer Lanssen was verdwenen heeft ze het café verkocht en is ze rechten gaan studeren, om mij te kunnen verdedigen als ze het zouden ontdekken.'

'Dus jij had zogenaamd meneer Lanssen doodgeschoten,' zei Ab. 'En toen?'

'Toen heeft mijn moeder meneer Lanssen weggebracht. Ze zei: "Koos, je mag nooit meer in het bamboebos spelen. En je mag er met niemand over praten, want dan komt de politie en brengen ze je naar de gevangenis.""

'Koos, als het waar zou zijn, wat ik niet geloof, dan zou het een ongeluk zijn geweest. Nee, nee, nou hou je even je mond. Een jongetje dat met pijltjes speelt komt in Nederland nooit ofte nimmer in de gevangenis.'

'Dat heb ik ook wel gedacht, maar later ben ik natuurlijk schuldig geworden omdat ik het nooit verteld heb!'

Dat was ook weer niet zo gek gedacht.

'Het lijkt me het beste,' zei Thijs, 'dat we mevrouw Blok even bellen en zeggen dat we nu naar het bureau komen.'

'Het is al over twaalven!' riep Cora.

Ik trok een gezicht naar haar. 'Het lijkt me een heel goed idee. Mevrouw Blok heeft gezegd dat we haar altijd mogen bellen, ook midden in de nacht en toevallig weet ik dat ze in het dorp woont.'

Koos was alweer opgestaan, met doodsangst in zijn ogen. Straks was hij de deur uit en wie weet wat hij zichzelf zou aandoen.

Ab stond ook op, deed of hij de keuken in wilde lopen en ging met zijn rug tegen de deur staan.

'Ab en ik gaan met je mee en we blijven net zo lang bij je als jij wilt,' zei Thijs.

Ik kreeg tranen in mijn ogen.

Koos aarzelde, maar toen Thijs opstond en zijn arm om zijn schouders sloeg, liet hij zich meevoeren.

Cora en ik bleven nog een uur wachten, ten slotte

gingen we toch naar bed. Ik dacht dat ik lang wakker zou liggen, maar ik was al ver heen toen Thijs, uren later, naast me schoof en zachtjes zei: 'Alles geregeld. We hebben Koos naar zijn huis gebracht.'

De volgende ochtend scheen de zon weer of er niets was gebeurd, maar de bomen dropen nog na en het gras had een iets andere tint. We zaten pas tegen elven aan het ontbijt.

'De politie liet natuurlijk geen spaan heel van dat verhaal van Koos,' zei Ab. 'Het leek wel de omgekeerde wereld: ze waren hem voortdurend aan het uitleggen dat hij het niet kon hebben gedaan omdat het totaal niet overeenkwam met het forensisch bewijs. Toen zei Koos dat dat misschien kwam doordat zijn moeder het lijk aan stukken had gehakt nadat hij hem met pijl-en-boog had vermoord.' Hij schoot in een hulpeloze lach. 'Dat arme joch. Wat een duivelin, die vrouw. Je eigen zoon wijsmaken dat hij een moord gepleegd heeft!'

'Maar wat zegt Zwanet er zelf over?' riep Cora.

'Niets! Die zegt geen woord! Die zwijgt als het spreekwoordelijke graf. Ik denk dat ze nooit gaat vertellen wat er gebeurd is. Maar dat zij het heeft gedaan lijkt me tamelijk zeker.'

Om twaalf uur kwam Koos via de rododendrons aanzetten. Hij zag er nog altijd heel moe uit. 'Ik heb wel even geslapen, geloof ik. Cora, jij had het gisteren over een pilletje...'

'Geloof je nou dat je meneer Lanssen niet hebt vermoord?' drong Cora aan. 'Als je ja zegt, krijg je twéé pillen.'

Koos zweeg.

'Wat zouden we kunnen doen om jou dat te doen geloven?'

Hij dacht na. 'Niks. Ik denk dat ze nog een tweede schedel zullen vinden en dat dát dan meneer Lanssen is.'

'Koos', zei Cora, 'ik heb die schedel gezien. Het was echt oom Friso. Meneer Lanssen.'

'Jongens, laten we er even over ophouden', zei Thijs. 'We zijn allemaal doodmoe.'

Ik stak mijn hand op alsof ik in de klas zat. 'Mag ik nog één ding zeggen? Koos, wat dacht je ervan als we straks samen naar de plek gaan waar de schedel gevonden is? Misschien dat er dan nog iets bij je bovenkomt.'

Koos aarzelde.

'Voor een pil', zei Cora.

'Nog eentje? Drie pillen?' vroeg Koos hongerig.

Thijs protesteerde. 'Dat vind ik niet goed, Cora. We gaan Koos geen drie pillen tegelijk geven. Ik vind dat idee van Judith erg goed. Als je dat doet, krijg je morgen nog een pil.'

'Bedoel je dan de tweede pil of de derde? Sorry, Thijs. Ik ben een beetje lijp.'

Cora snoof. 'Nou, dat begrijp ik wel, met zo'n moeder!'

'Mijn moeder is inderdaad een beetje vreemd', zei

Koos peinzend. 'We hadden geen band. Ze gaf me nooit een kus. Ik had een eikenboompje in een pot, die noemde ik Eikie en dat was mijn beste vriend. En toen kwam ik terug van schoolkamp, ik wilde naar Eikie, maar ze had hem weggegooid en ze wilde niet zeggen waar. Ik heb het gisteren nog aan de politie verteld. Die wilden alles weten, ook wie mijn vader was. Geen idee natuurlijk. Niet meneer Lanssen, hoop ik. Een of andere sukkel uit de kroeg waarschijnlijk.'

Na de koffie liepen Koos en ik naar de tuinen via het pad achter het grote huis. Zo hoefden we niet langs de tuin van Koos' moeder.

Schuw keek Koos naar het grote huis. Al die jaren had hij geloofd dat hij de vader van Anne en Fiep had vermoord. Zelfs al zou hij overtuigd raken van zijn onschuld, die jaren kon hij niet meer overdoen.

Zwijgend liepen we langs het koetshuis, door de bomen naar het bamboe. Govert stak zijn hand op toen hij ons zag.

'Wat een leuk tuintje heb je,' zei Koos.

Ik keek rond. Het was een leuk tuintje. Toch was de glans er een beetje vanaf. Twee keer politie was te veel. Eén dode, zeker als dat een dode van lang geleden was, had nog iets romantisch, maar de dood van Kenny had grotere indruk op me gemaakt dan ik mezelf aanvankelijk had willen toegeven. Het was geen prettige man geweest en zijn dood was in menig opzicht een vooruitgang, maar zijn einde moest verschrikkelijk zijn geweest.

Koos liep achter me aan over het pad dat de politie gemaakt had. Hij zei niets, ik hoorde zijn adem. De weggekapte bamboe kwam alweer op, in stevige punten. Ineens overviel me een wonderlijke gedachte. Wat als Koos het wél gedaan had? Hij had er angstaanjagend uitgezien, gisteravond. Stel dat hij ineens gek zou worden en mij hier zou wurgen? Wat een onzin. En bovendien, dan zou ik heel hard gaan gillen en zou Govert komen.

De wind ritselde door het bamboe. Veel blad was vergeeld, stengels waren afgeknipt en de bladeren stierven af. Spoedig zou de plek weer helemaal zijn dichtgegroeid. Fiep zou de hele boel moeten laten kappen en omploegen. Bamboe ging meestal niet diep, zo'n halve meter, maar de wortels groeiden dicht op elkaar en vertakten zich naar alle kanten.

We liepen tot bij de haagbeuk, de enige boom in het bamboeveld.

'Hier stond ik. Daar hing dat vogeltje. En daar de schedel.'

Koos keek om zich heen. 'Hier ben ik nog nooit geweest. Dat weet ik zeker.'

Een bries ging door de bladerkroon van de haagbeuk en een sliert klimop streek langs zijn gezicht. Hij trok eraan en een heel pak bladeren kwam naar beneden.

We lachten geschrokken en keken naar het deel van de stam dat vrijgekomen was.

'Mooie bomen, haagbeuken.' Ik liet mijn hand

over de bast glijden. 'Net spierbundels onder een huid.'

Koos stond maar te staren. Ik volgde zijn blik. De schors van de boomstam vertoonde een ronde, misvormde plek, als een slecht geheelde wond. En midden uit dat rimpelige litteken stak een gladde steel, alsof lang geleden een kabouter zijn houten been uit een boomholte had gestoken en toen versteend was, en overgroeid. De steel had zelfs een soort voetje.

Het was geen tak. Het was het handvat van een bijl, diep in de boom geslagen. Hoelang was de boom al bezig dit vreemde lichaam op te slokken? Twintig, dertig jaar, met onmenselijk geduld.

Koos spuugde in zijn zakdoek en begon de steel schoon te wrijven. 'Er staat iets op.' Hij poetste of zijn leven ervan afhing en zette een stap naar achteren.

In de steel van de bijl was een klein gestileerd zwaantje gebrand.

Ook toen ze haar foto's toonden van haar bijl in de boom, weigerde Zwanet te spreken. Ze werd overgebracht naar het Pieter Baan Centrum.

Eigenlijk had ze destijds maar weinig moeite gedaan het lijk te verbergen. Ze had het gewoon in het bamboe gelegd, vlak bij haar tuin. Willens en wetens had ze de bijl met haar initiaal in de boom geslagen, bijna alsof ze haar handtekening had willen zetten.

Misschien had het haar zelf verbaasd dat het lichaam niet werd gevonden.

Koos liet oude foto's van zijn moeder zien. We stonden versteld: Zwanet was inderdaad beeldschoon geweest.

De natuur vorderde ons terug, overpeinsde ik. We bloeiden kort en dan verdorden we, gingen we rimpelen, kregen we last van schimmels en woekeringen; we begonnen te vergroeien en uiteindelijk dekte de aarde ons toe.

Een paar dagen ging ik niet naar mijn tuin. Met Thijs maakte ik een uitje naar de stad. Ik dacht na over de toekomst. Binnenkort gingen we naar huis en begon het gewone leven weer. Ab had zijn werk, Cora haar opera's en Thijs zou heel voorzichtig beginnen met lesgeven. Wat moest ik beginnen als ik nooit meer zou kunnen schrijven?

'Je moet naar je tuin,' zei Thijs op een gegeven moment. 'Dat zal je goeddoen.'

Ik trok mijn tuinplunje aan en ging. Eigenlijk had ik geen zin, maar misschien had hij gelijk. Waar had ik wel zin in? Ineens wist ik het: ik had zin in een sigaret.

Ik liep naar de tuin van Thieu, sloeg met mijn vlakke hand op de deur en keek door een kiertje. Thieu zat in gedachten verzonken op zijn wrakke klapstoeltje.

'Ben ik welkom?'

'Zeker. Pak een stoel.'

Ik pakte een stoel en ging zitten. 'Heb jij heel toevallig een sjekkie voor me?'

Thieu trok een pakje shag uit zijn broekzak.

'Augustus,' zei ik. 'Nieuwe maand, nieuwe shag.'

Hij knikte somber. 'Ik weet niet of ik de komende tijd met één pakje per maand toekom. Heb je het nog niet gehoord? De vereniging is opgeheven. Eerst Kenny dood. Ouwe Teun is eindelijk de pijp uit. En toen waren er nog maar negen.'

'Zo snel kan dat toch niet gaan?'

'Jawel, zo snel kan dat gaan, na honderd jaar. Die ene dochter van Lanssen kwam de volgende dag al met de notaris aanzetten. Ze krijgt een paar ton voor de grond. Dus je begrijpt...' Hij haalde zijn schouders op.

'Eigenlijk niet.'

Hij lachte even. 'Ik ook niet. Omdat wij arme sloebers zijn en zij vuile kapitalisten. Grond zou van niemand mogen zijn.'

Ik kon het niet bevatten. 'Wacht eens even, bedoel je nou werkelijk dat jullie hier voor het nieuwe jaar weg moeten? Hoe kan dat nou? O Thieu, nou had Guusje eindelijk de hele tuin voor zichzelf en nu moet ze eraf!'

'Mij krijgen ze niet weg. Ze mogen me komen halen.'

'Misschien laat Fiep jullie wel gewoon langzaam uitsterven. Het gaat haar...'

'Om het geld! Alleen maar om het geld!'

'Gek eigenlijk. Haar voorvaderen hebben hun bezit steeds weggegeven en zij eist het terug. Blijkbaar loopt de vloek der Lanssens alleen via de mannelijke lijn.'

Thieu keek op. 'Wat is dat nou precies met Lanssen

en Zwanet? Is het nou zeker dat zij het gedaan heeft?'

'Helemaal zeker. Alleen haar zoon blijft denken dat hij het was.' Ik deed verslag.

Thieu luisterde aandachtig. Vooral het deel over Koos leek hem te interesseren. 'Heeft die jongen al die tijd gedacht dat hij een moord had gepleegd?'

'Hij gelooft het nog steeds. Hij weet dat het niet kan en toch blijft hij eraan vasthouden. Misschien is het te moeilijk voor hem om dat idee op te geven.'

'Nondeju.' Thieu lachte nerveus. 'Misschien moet ik eens met hem praten.'

'Dat is heel aardig, maar het heeft geen zin. Er is echt een wonder voor nodig om Koos in zijn onschuld te laten geloven. Hij wil zich schuldig voelen. Of tenminste, hij zegt dat hij niet wil, maar dat hij niet anders kán.'

'Ja, maar ik was hier op de nacht dat het gebeurde.' Thieu begon te hoesten. 'Ik had je toch al verteld dat ik hier een tijd op de tuin heb gewoond? 's Nachts zat ik vaak met een krat pils naar de sterren te kijken. Soms hoorde ik Zwanet en Lanssen bezig.'

'Dus jij wist dat ze een verhouding hadden?'

'Ik dacht dat iedereen dat wist. Op een avond hoorde ik ze ruziemaken. Zwanet klonk alsof ze helemaal buiten zinnen was. Gillen, krijsen. Lanssen riep maar: "Sluiers vallen weg, sluiers vallen weg." Ik zat daar, ik wist niet wat ik moest doen. Ik mocht daar helemaal niet zijn. Ik had tien, vijftien pilsjes op. Ineens werd het stil. En toen hoorde ik...' Zijn stem begaf het bijna. '...bijlslagen. En even later het geluid van een zaag. Mijn vader was slager. Mijn broer en ik moesten hem na school helpen met het zagen van de karkassen. Dat geluid vergeet ik nooit meer.

Later hoorde ik dat Lanssen werd vermist. Ik vond Lanssen een grote lul. Ik had geen zin in politie. Ik wist niet of het waar was wat ik had gezien. Nee, niet gezien, ik had alleen iets gehoord. Ik was stekeblind in die tijd. En toen heb ik het zo gelaten.' Hij was even stil. 'Ik dacht altijd: als ik niets doe, doe ik ook niets verkeerd. Maar niets doen is ook een daad.'

—

Twee dagen na deze bekentenis ontmoetten Koos en Thieu elkaar bij ons in de tuin. Hoewel ze elkaar van gezicht kenden, hadden ze elkaar nog nooit gesproken. Ze gaven elkaar een onhandige hand, roerden in hun koffie en toen leek het me tijd voor het grote onderwerp.

Thieu begon te vertellen, eerst aarzelend, maar omdat Koos stil en geïnteresseerd luisterde, allengs zekerder. Toen hij bij het hakken en zagen kwam, trilde zijn stem.

'Wat erg voor je.' Meer wist Koos niet uit te brengen.

'Ik vind het erg voor jou!' riep Thieu. 'Dat je eigen moeder een man vermoord heeft... En later hoorde ik haar ook nog zingen, terwijl ze met de stukken van het lichaam naar het bamboebos liep en weer terug. Ik heb niet gekeken, ik ben weggeslopen, zo zachtjes mogelijk, naar de bunker van dokter Zeelenburg en daar heb ik de rest van de nacht met mijn hoofd onder het kussen in bed gelegen.'

'Ellendig voor je.' Koos keek vol deernis naar Thieu.

'Maar Koos!' riep Cora onstuimig. 'Geloof je nu eindelijk dat je moeder meneer Lanssen vermoord heeft en dat jij zo onschuldig bent als een lammetje?'

'Nee, Cora, sorry.'

In het lover klonk het lachen van de groene specht. We keken allemaal op en zagen de specht laag tussen de bomen aanvliegen. Nog geen vijf meter van ons vandaan streek hij neer op het gazon en begon in het gras te hakken.

Ik keek met ingehouden adem toe. Dat lange, gras-groene lijf, het vuurrode petje, het harde oog... De grote snavel die hij telkens in de aarde stak en dan weer omhoogbracht, om te slikken.

Klik, klik, klik. Koos fotografeerde.

De groene specht keek even op, draaide zich om, maakte nog wat laatste poerende bewegingen in de aarde, slikte een laatste maal en vloog weg.

Koos zuchtte heel diep. 'Dit is een teken. Al die jaren heeft hij me uitgelachen vanuit de bomen. Nu heb ik hem op de plaat. Dit is geen toeval. Toeval be-staat niet. Nou ja, heel soms wel. Maar nu niet.'

'Dus nu geloof je echt dat je moeder meneer Lans-sen vermoord heeft?' drong Cora aan. 'Koos, ik wil het je hóren zeggen! Dan krijg je nog een slaappil van me.'

'Ik geloof dat mijn moeder meneer Lanssen ver-moord heeft,' zei Koos gehoorzaam.

'En dat ik, Koos Bettensleek, volkomen onschuldig ben. Toe nou, Koos, krijg je er nog een half pilletje bij.'

'En dat ik, Koos Bettensleek, volkomen onschuldig ben.' Hij glimlachte en begon te huilen.

De tuin eiste mijn aandacht op. Ik oogstte bonen, nam sla mee voor Fiep en Cora en liet één courgette aan de plant zitten om te kijken hoe groot hij zou worden.

Fiep haalde een hond uit het asiel. Het was een bordercollie die ze Jochem noemde. Ze liet de leden van Eva Ave weten dat de vereniging ontbonden was en iedereen uiterlijk de volgende zomer vertrokken moest zijn. Guusje was er zo kapot van dat ze meteen haar spullen pakte. Dokter Zeelenburg bleef onverstoorbaar en zei dat alle dingen gingen zoals ze moesten gaan. Thieu stak een paar tirades af over het grootkapitaal, maar tot mijn verrassing had hij binnen de kortste keren een tuintje geregeld op het volkstuincomplex dichter bij het dorp. Govert zei alleen kortaf: 'Mij krijgen ze van mijn leven hier niet vandaan.'

Zwanet bleef zwijgen. De politie kwam zo nu en dan langs, maar leek er meer en meer toe geneigd de dood van Kenny toe te schrijven aan een vergissing. In Kenny's huis werden grote hoeveelheden drank en drugs gevonden. Anne vertelde dat Kenny regelmatig van de wereld was, en dan hetzelfde verhaal driemaal achtereen vertelde. 'Hij heeft me ook weleens twee keer hetzelfde cadeau gegeven. Hij was het gewoon vergeten. Toen ik er wat van zei, werd hij kwaad en schreeuwde hij dat ik het verzon.'

'Wat voor cadeau was dat?' vroeg Cora.

'Een boek. *De helende kracht van de natuur.*'

Onze laatste dag brak aan. Fiep belde me aan het begin van de middag. De hond was er met de lamsbout vandoor gegaan die ze voor ons had willen maken. 'Jochem ligt met zijn buik omhoog te hijgen. Wil jij naar de slager gaan? Ik wilde jullie een feestmaal voorzetten, dat ding lag al een halve dag in de marinade!'

'Laten we gewoon kijken wat we nog in huis hebben,' zei ik. 'Thijs houdt toch al niet van zulke hompen vlees.'

'Hompen vlees! Die prachtige bout... Ik loop nu naar de ijskast... Nee, ik heb niks. Alleen een emmer courgettes, honderd kilo boontjes, een restje gehakt...'

'Gehakt? Ik weet het. We gaan eindelijk groene kool farci maken! Ik heb alleen gehakt en een schone witte doek nodig. En heb je toevallig nog een peen?'

'Drie gerimpelde, slappe worteltjes. Mag dat ook?'

Voor het laatst liep ik het vertrouwde pad af. Zoals altijd stond Govert te spitten en net als de eerste dag deed hij me denken aan een doodgraver. Waarom maakte Govert toch altijd voren die precies even lang waren als hijzelf?

Hij veegde zijn voorhoofd af en zei: 'Daar ben je weer.'

'Had je toevallig nog een groene kool voor me?'

'Loop maar mee. Is één genoeg?'

Ik knikte. 'Ik ga groene kool farci maken.'

'Ik maak het altijd met gehakt en tomatensaus. Ik heb ook tomaten voor je.' Govert trok de kool uit de grond, ging zitten en begon de buitenste, aangevreten bladeren eraf te knippen.

'Wist jij eigenlijk van die affaire van oom Friso en Zwanet?'

'Affaire,' herhaalde Govert spottend. 'Dat was geen affaire. Dat was gewoon een beetje rotzooien met een dronken kop. Die Lanssen was een grote lul. Die heeft hier de hele boel naar de verdommenis geholpen. Met z'n bamboe.'

'Maar jullie mochten hier blijven.'

'Omdat hij ons niet weg kreeg!'

'En nu moeten jullie toch nog weg, van Fiep.'

'O, mij krijgt ze hier niet weg.'

Ik zag voor me hoe Fiep een spartelende Govert afvoerde in een kruiwagen.

'Wij gaan morgen weg,' zei ik.

Hij knikte.

'Ik hoop dat ik het allemaal netjes genoeg achterlaat.'

'Dat zit wel goed.'

'En nog bedankt voor het schoonmaken van de sloot. Dat moet een heel werk zijn geweest. En dat op je vrije donderdag.'

Govert bleef stilzitten. De kool lag als een groene voetbal in zijn schoot. 'Donderdag ben ik er nooit. Dat is mijn vrije dag.'

'Ja, dat heb ik ook tegen de politie gezegd. Later

schoot me te binnen dat Thijs en ik hier 's avonds nog gelopen hadden, om een uur of zeven. En toen stond het riet en het pijlkruid nog in de vliet.'

Govert keek voor zich uit, zonder iets te zeggen.

'De volgende ochtend lag het op de oever. Het drong eerst niet tot me door, maar later besefte ik dat jij die avond nog na ons op de tuin geweest moest zijn.'

'Wat wil je nou eigenlijk zeggen?'

'Jij was hier die avond. Je hebt nog even de troep uit mijn sloot gehaald, waarvoor dank overigens, en daarna heb je je vaste rondje over de tuinen gemaakt om te kijken of alles in orde was. Toen zag je de kist van Kenny openstaan. Je wist dat het zou gaan regenen en bent erheen gelopen om het deksel dicht te doen. Toen zag je die fles met PAR. Je hebt de dop eraf geschroefd en geroken. Je vader was tuinman, je wist wat het was. Het stinkt als de hel, ik heb het zelf ook geroken.'

'Mooi verhaal. Moet je een boek van maken.'

'Je hoefde alleen maar een scheutje uit de jeneverfles in het sapflesje te doen en de fles af te vegen. Misschien nam Kenny een slok, misschien ook niet. Je had niets te verliezen.'

'Moet je opschrijven.' Hij wilde me de kool in mijn handen duwen, maar ik legde mijn handen over de zijne.

'Govert... Waarom?'

Hij trok zijn handen los. De kool rolde over de aarde. We bleven allebei zitten.

'Ik heb meegemaakt dat dit nog dertig tuinen waren. Jonge gezinnen. En op een dag waren we ineens allemaal oud en hoorde je hier nooit meer kinderstemmen. Je denkt: wanneer is dat gebeurd? Toch bleven we bestaan, wij op de tuinen, de familie in het grote huis. En ineens was daar die rat, die Kenny. Die nog nooit een meter heeft gespit, die zijn sloot niet schoont, zijn paden niet bijhoudt, die de mooiste tuin van dit gebied heeft weten te verkankelemienen tot een mosterdplantage, die mensen gek maakt, die alles beter weet en nog geen dag in zijn leven gewerkt heeft. En die zou in het grote huis komen wonen?' Hij lachte vreugdeloos. 'Ik wil me nergens mee bemoeien. Ik ben tegen gif. De natuur moet het zelf doen. Maar soms moet je even ingrijpen.'

Een tijdje zaten we zwijgend naast elkaar.

Ik stond op, drukte een kus op zijn voorhoofd en pakte mijn kool.

❧

De gang zat vol modderpoten van de hond. Fiep, die er blozend en gelukkig uitzag, stond al in de keuken. 'Hier is je doek, een oude luier van Noa.'

'Helemaal goed. Wil jij het gehakt aanmaken? En heb je een heel scherp mes?'

'Vanochtend heeft Jochem een dwangbevel van de belasting aan flarden gescheurd. Ik kon nog net wat stukjes bij elkaar puzzelen en toen las ik "wangbeve". Ik heb mijn boekhouder maar gebeld. Maakt niet uit, binnenkort zijn we rijk.'

Ik legde de kool, die ik thuis al vijf minuten gekookt had, op de doek en vouwde voorzichtig een voor een de buitenste bladeren open, waarbij ik wat pissebedden wegveegde. Voorzichtig sneed ik met een scherp mes het hart weg. De helft hakte ik fijn en mengde ik door het gehakt.

'Misschien kan ik Jochem leren alleen blauwe enveloppen stuk te kauwen. Anderzijds, binnenkort komt de taxateur. Ik zat erover na te denken een cruise te maken. Langs de Noorse kust. Maar nou heb ik Jochem.'

Ik maakte een bal van een deel van het gehakt en stopte die in het midden van de kool. Toen schikte ik de binnenste bladeren er voorzichtig overheen. 'Waarom laat je die tuinders niet gewoon zitten?' Een voor een vouwde ik de buitenbladeren terug en stopte telkens wat restjes gehakt bij de aanhechting aan de steel.

'De tuinders?' Fiep lachte. 'Alsjeblieft zeg!'

'Heb je een touwtje?' Ik trok de doek stijf om de gevulde kool heen en deed er een touwtje omheen. 'Leg je vinger maar op de knoop.'

Onze hoofden raakten elkaar bijna toen ik de uiteinden van het touwtje straktrok.

'Au!' Fiep stak haar vinger in haar mond.

Voorzichtig liet ik de ingepakte kool in een grote pan met water zakken en ik deed het deksel erop.

Ik probeerde het nog een laatste keer. 'Fiep, je kunt de tuinders toch gewoon laten zitten? Dat geld heb je nou binnen. Dan spaar je de kool en de geit.'

'Een uitsterfbeleid?' Ze lachte hard. 'Alsjeblieft zeg! Een jaartje mogen ze nog blijven en dan is het mooi geweest.'

'Maar zij waren er toch eigenlijk eerder dan jij? Als ik denk aan wat Govert allemaal gedaan heeft voor de tuin...'

'Juut, nou moet je ophouden. Ik wil helemaal geen kool en geit sparen! Ik wil de kool opeten! Ze moeten opdonderen! Dokter Zeelenburg met zijn bunker en zéker Govert!'

❧

We hadden Koos uitgenodigd, maar die had beleefd, verlegen en standvastig geweigerd en zo waren we als vanouds weer met z'n zessen.

'Zou het kunnen dat Koos jullie broer is?' vroeg Cora.

Fiep schudde haar hoofd. 'Ik heb meteen een DNA-test laten doen en er kwamen nog geen drie genen overeen.'

'Dan kun jij met hem trouwen, Anne.' Ik knipte het touwtje door, vouwde de hete doek voorzichtig open en wachtte tot de kreten van bewondering waren verstomd.

'Judith! Hoe vaak heb je dit al gedaan?'

'Nog nooit. Alleen in mijn hoofd. Ik heb er jaren geleden over gelezen. Kijk, het is precies zoals ik het me had voorgesteld.' Met een scherp mes sneed ik de kool aan. De plakken vielen in mooie, stevige stukken opzij. Ik voelde me een patholoog-anatoom.

De kool was verrukkelijk, hij had niets van het bittere dat ik me van groene kool herinnerde. Fiep had er puree van zoete aardappelen bij gemaakt, en koude, fijngesneden tomaten met pepertjes.

'Wat een goddelijke tomaten,' verzuchtte Cora. 'Zo krijg je ze nooit in de winkel.'

'Neem een kas,' zei Thijs.

Ze maakte een afwerend gebaar. 'Ga heen, satan! Ik ga nooit tuinieren. Mijn voorraadkas is tweehonderd meter van mijn huis en hij heet Albert Heijn.'

We dronken op de nagedachtenis van oom Friso en tante Lidewij.

'Is er nog nieuws van de politie?' vroeg Ab.

Fiep schudde haar hoofd. 'Ze rennen volgens mij ook niet meer zo hard. Dat gif lag in zijn eigen kist, niemand wist dat het er lag… Een vergissing ligt het meest voor de hand, temeer daar hij zijn vlierbessen-wijn ook in dat soort flessen bewaarde. Hij lustte wel een slokje. Dat was zo ongeveer het enige sympathie-ke aan hem. O sorry, Anne.'

'Het doel van dit alles…' begon Cora.

'*Het doel der doeleinden is fatsoen van middelen,*' ci-teerde ik. 'Stefan Themerson.'

'Nu zoek je het weer zo hoog!'

'Het doel der doeleinden is fatsoen van midde-len…' Ab keek nadenkend. 'Mooi. Maar klopt dat al-tijd? Je kunt niet altijd maar de klappen opvangen. Soms moet je terugslaan.'

'Ik wilde eigenlijk zeggen dat het doel van deze va-kantie…' vervolgde Cora.

'Vakantie kan ik het nauwelijks noemen,' onder-brak Fiep haar. 'Verblijf is een beter woord.'

'Wat wilde Cora nou over het doel zeggen?' vroeg Anne.

'Het doel van dit alles was om Thijs weer beter te maken. En dát is gelukt.'

'Er moesten wat lijken voor vallen, maar dan heb je ook wat,' zei Ab. 'O sorry, Anne.'

'Zouden jullie willen ophouden met "O sorry, Anne"? Ik ben helemaal niet verdrietig om Kenny. Eigenlijk walg ik een beetje van Kenny. Ik moet stapelgek zijn geweest.'

'Nou ja,' begon ik, en toen zweeg ik. Ik had willen zeggen: hij had ook leuke dingen, maar Kenny was de enige mens op aarde geweest die werkelijk niets leuks had. 'Hij kon wel leuk wijn drinken. Dat viel me nou echt van hem mee.'

'Dat is hem dan ook fataal geworden,' zei Ab. 'O sorry, Anne. O sorry, nou doe ik het weer.'

'Hij was inderdaad zeldzaam onsympathiek,' zei Anne peinzend. 'Ik wil nooit meer een man.'

'Zeg nooit nooit,' zei Cora. 'Hoewel er heel veel dingen zijn die ik nooit zal doen. Kamperen bijvoorbeeld. Of tuinieren.'

'Ik zal nooit iets gaan verzamelen,' zei Thijs. 'Zoals jij, Cora, met je kabouters. Mijn vader hield een encyclopedisch woordenboek van aardrijkskundige namen bij. De Rijn heet bij ons Rijn, maar in het Engels Rhine en in het Duits Rhein. Dat hield hij allemaal bij op systeemkaarten. Daartoe verzamelde hij ook typmachines met aangepaste toetsenborden voor de afwijkende lettertekens. Altijd was hij boven op zijn kamer bezig met dat immer uitdijende kaartsysteem. Toen het IJzeren Gordijn viel, kon hij de helft weggooien. Leningrad werd weer Sint-Petersburg.'

'Daar denken ze nou niet aan bij revoluties,' zei Ab.

'En toen kwam de computer.'

'O god,' zuchtte ik. 'Alles voor niks.'

'Mijn broer erfde het archief,' vervolgde Thijs.

'En smeet het in de papierversnipperaar,' veronderstelde Fiep.

'Als je lang genoeg wacht, wordt alles waardevol. Het Nationaal Archief heeft kortgeleden belangstelling getoond.'

'Weet je wat ik nooit zou doen?' zei Anne. 'Eten koken voor een groot gezelschap. Een vrachtwagen besturen. Een dans uitvoeren op een podium. Een kermis bezoeken.'

'Stelen,' zei Thijs. 'Tot mijn laatste snik zal ik fatsoenlijk blijven, hoezeer de zonde mij ook aantrekt.'

'Ik vind fatsoen sexy,' zei ik.

'Ik ga nooit ophouden met drinken en roken,' zei Ab.

'Groot gelijk,' zei Fiep. 'Als pappie gewoon doorgedronken had, had hij het niet uitgemaakt met Zwanet. Omdat hij een week niet mocht drinken, zag hij hoe afschuwelijk ze was.'

'*Sluiers vallen weg*,' citeerde ik. 'En zo leidt geheelonthouding tot de dood.'

'Juut, wat zou jij nooit doen?' vroeg Anne.

'Wat ik nooit zou doen, en ik bedoel het niet als kritiek maar werkelijk precies zoals ik het zeg, is mensen van hun land verdrijven.'

'Ik ook niet,' beaamde Fiep direct vol sympathie. 'Het is volgens Merlijn uit *Koning Arthur* de enige reden om iemand dood te slaan: als ze jou of je gezin bedreigen, of je land binnenvallen.'

Ab lachte. 'Ze bedoelt jou, Fiep.'

'Ik zou nooit over levende mensen schrijven,' kaatste Fiep terug. 'Als je ooit over mij gaat schrijven vermoord ik je.'

'Ik schrijf niet meer,' zei ik. 'Ik heb mijn gave verloren door mijn huwelijk.'

'Ga scheiden.' Dat was Ab natuurlijk.

Thijs kuste mijn hand. 'Het komt wel weer.'

Onder de tafel gromde de hond.

_◦_

We keerden terug naar huis. De taxus stond er nog, maar de buurman had aan zijn kant van de schutting alle takken afgezaagd. Het zag er zo belachelijk uit dat we even overwogen de hele boom maar om te halen, wat we uiteindelijk niet deden.

Ik nam een volkstuin en begon langzaam weer wat te schrijven. Thijs ging halve dagen aan het werk. Ab werd door een reeks ingewikkelde promoties ineens de baas van zijn baas en we beleefden de wereldpremière van Cora's Sinterklaasopera. Van Fiep en Anne kwamen nog wat vrolijke berichten en toen werd het stil.

Kerstmis vierden Thijs en ik bij Ab en Cora, voor oudjaar vluchtten we naar Terschelling. Op 3 januari kwamen we weer thuis. Thijs raapte de nieuwjaarspost van de mat en scheurde een envelop open. Ik was al doorgelopen naar de kamer en zette de thermostaat hoger.

'Govert Zwijsen,' las Thijs hardop. 'Weet jij wie dat is?'

'Govert Zwijsen, geen idee. Wat is daarmee?'

'Die is dood. We hebben een rouwkaart gekregen. Misschien verkeerd bezorgd. Nee, onze naam staat erop.'

'Govert!' schreeuwde ik. 'Govert!' En ik rende naar Thijs toe en rukte de kaart uit zijn handen.

Sterven is opgaan naar de tuin van de Heer. In de leeftijd van 69 jaar... Govert Zwijsen. Dank aan het hospice...'

'De begrafenis is morgen. Ik wil erheen.'

'Maar liever, dat is op je verjaardag!'

'Dan is dat mijn cadeau,' antwoordde ik koppig. 'En als je niet mee wilt, ga ik wel alleen.'

'Natuurlijk ga ik mee als jij dat wilt.'

Ook Ab en Cora gingen mee. Het was koud, maar de zon scheen en we reden onder een strakblauwe hemel opnieuw naar Voorden.

Tot mijn spijt was de dienst niet in het kerkje, maar in een nogal lelijk crematorium. Misschien wilde Govert dat zijn as over zijn eigen tuin uitgestrooid zou worden. Een broer zei iets, Fiep ook. Iedereen had het over Goverts tuin.

Na afloop gingen we met z'n zessen naar Het Zwaantje, waar we bitterballen bestelden. Het was er heel stil, zo vroeg in de middag.

'Niemand wist dat hij zo ziek was,' zei Fiep. 'Zelf wist hij het al maanden. Het was alvleesklierkanker. Hij is doorgegaan tot het niet meer ging. Hij heeft nog een kleine week in dat hospice gelegen en toen was het gebeurd. Jij kreeg de groeten nog, Judith. Hij zei dat je een heel bijzondere vrouw was. Een echte schrijfster met al je verhalen.'

'Dus jullie hebben het weer goedgemaakt?'

'Helemaal goed! We hebben zelfs nog gelachen om onze ruzie.'

Cora keek op. 'Wat voor ruzie?'

'Je bent toch weleens in Annes huis geweest? Daar hangt een paneel dat oorspronkelijk thuishoorde in de folly, het kleine nephuisje dat vroeger op het landgoed stond. Op dat paneel stonden Roodkapje en de wolf. Ik wilde dat in ere herstellen en vroeg Govert om het te restaureren. En toen heeft hij de wolf weg-geschilderd! Die was niet authentiek, zei hij. Ik werd woedend. We kregen slaande ruzie en het werd nooit meer zoals het was geweest tussen ons.'

'Dat kan ik me voorstellen,' zei Cora meelevend. 'De wolf wegschilderen! De wolf is nou juist de kern van het verhaal.'

'Dus jullie hebben het weer helemaal bijgelegd?' vroeg ik.

Fiep knikte stilletjes. 'Jullie raden nooit aan wie hij zijn hele hebben en houden heeft nagelaten, zijn huis en zijn spaarcentjes.'

'Aan jou.'

'Juut! Hoe weet jij dat nou?'

'Hij hield van je.'

'O god, zeg dat nou niet! Dan ga ik me weer zo schuldig voelen!'

'Govert heeft later nog een keer een wolf verdreven. Nu kan ik het wel vertellen.' Ik deed verslag van het laatste gesprek dat ik met Govert had gevoerd. De anderen konden het maar moeilijk geloven en bestormden me met vragen.

'Waarom heb je ons dat nooit verteld?' riep Cora.

'Ik dacht dat jij altijd alles van de daken schreeuwde,' zei Ab.

'Dat dacht ik eigenlijk ook.' Thijs was verbijsterd. 'Heb je nog meer van dit soort geheimen?'

'Je bedoelt...' zei Anne, tot wie het maar heel langzaam leek door te dringen, 'je bedoelt werkelijk dat Govert Kenny expres vergiftigd heeft?'

Ik haalde mijn schouders op. 'Govert heeft gewoon wat van de ene fles in de andere gedaan.'

'Dat noemt men wel moord,' zei Ab.

'Maar waaróm?' riep Cora.

'Hij wist wat er met het landgoed zou gebeuren als Kenny daar in zou trekken, want hij had gezien waar dat toe leidde in de tuin van Guusje: chaos, strijd en waanzin.'

'Wacht eens,' zei Cora pienter. 'Dan wist hij dus dat hij met... zijn handeling, zal ik maar zeggen, de tuinvereniging de nek omdraaide. Want dan zakte het ledental van de vereniging onder de tien.'

'Is zijn gereedschap er nog?' vroeg ik. 'Dat mag je nooit wegdoen. Dat is zulk prachtig gereedschap.'

'Dat mag jij hebben,' zei Fiep gul. 'Want eerlijk gezegd denken wij erover het landgoed te verkopen en terug te komen naar Bloemendaal. Lekker dicht bij jullie en bij de zee.'

'Wat me aan het volgende doet denken...' Anne

trok haar tas op haar knieën. 'Ik heb nog iets gevonden... Ik weet dat jij jarig bent, Judith, dus ik geef het aan jou. Maar het is van ons allemaal.' Ze reikte me een vierkant pakje aan. 'Ik vond het toch in de kelder, op een plank.'

'Niets zo verraderlijk als het geheugen,' zei Thijs.

In het pakje zat een blikken sigarendoosje, met daarin een opgevouwen briefje. Voorzichtig vouwde ik het open. Vier namen in kinderlijk handschrift en vier vuilbruine vegen.

'Ons bloedzusterschap,' zei Cora. 'Daar draait het toch allemaal om. Mag ik eens kijken?'

Ik gaf haar het briefje.

Fiep zuchtte. 'Vinden jullie dat het nou wel kán, het landgoed verkopen? Tegenover Govert, bedoel ik?'

'Ik denk dat Govert alles goedvindt wat jij doet,' zei ik.

'Komt de vloek toch nog uit,' zei Ab.

'Nee, want ik geef het niet weg, ik verkoop het. Het gaat wel naar een goed doel: Natuurmonumenten wil het hebben. Ze bieden wel iets minder dan Zwemparadijs Royal Tropicana, maar vooruit.'

'Dat lijkt me een heel goede oplossing,' zei Thijs. 'Er is een tijd voor alle dingen. Er is een tijd om te blijven en er is een tijd om weg te trekken naar nieuwe oorden.'

'Eeuwenlang was de mens een nomade,' zei Ab.

Daar was Cora het niet mee eens. 'Eeuwenlang kwam de mens zijn dorp nooit uit. Ik zou ook nooit weg willen uit mijn huis. Ik heb tegen Ab weleens gezegd: als ik jong doodga, mag je gerust een nieuwe vrouw nemen. Graag zelfs. Als je maar niets aan het interieur verandert.'

'Het eerste wat ik doe is al die kabouters bij het grofvuil zetten. Anders krijg ik nooit een nieuwe vrouw. Wie wil er nou een man met een huis vol kabouters?'

'Ik ben het overigens met Thijs eens,' vervolgde Cora. 'Er is een tijd voor alle dingen. Daarom zijn de kabouters ook van de aardbodem verdwenen. Hun tijd was voorbij. Dat kwam door de Karolingische wetten. De elementaalkrachten zijn door de natuur overgenomen.'

'En wat bedoel je met elementaalkrachten?' vroeg Thijs belangstellend.

Hij begon weer.

'Hoe de natuur de moordenaar heeft aangeklaagd,' verduidelijkte Cora. 'De boom die het moordwapen heeft teruggeven...'

'Teruggegeven! Ze hebben de hele boom moeten omzagen om die bijl eruit te krijgen!' riep Thijs. 'Het moordwapen was juist opgegeten door de natuur!'

'En het vogeltje, dat Judith het bamboe heeft in gelokt,' ging Cora onverstoorbaar door. 'Waardoor ze de schedel vond, die haar door het bamboe werd aangereikt.'

'Die daar dertig jaar had gelegen!' riep Thijs.

'Lief spelen, jongens,' zei Ab. 'Lief spelen! Judith is jarig vandaag. En bovendien is Judith ons al maanden een heildronk verschuldigd. Eigenlijk moet je dus twee toosten uitbrengen.'

Ik keek de tafel rond. 'Op het aards paradijs. En dat we daar maar altijd in mogen blijven geloven.'

Dankbetuiging

Graag wil ik de volgende mensen bedanken: rechercheur Tineke Hielema, die me alles vertelde over politieonderzoek en de verhoormethoden van mevrouw Blok. Notaris Tup Jansen, die me onderwees over de rechten en plichten van Volkstuinvereniging Eva Ave. Corrie Huijbers van de Pomologische Vereniging, die me liet kennismaken met de saffraanpeer. Patholoog-anatoom Frank van der Goot, die me enthousiast vertelde hoe het water van de vliet de resten van oom Friso kon afvoeren naar zee. Conservator Laurens de Rooy van Museum Vrolik, die me een schedel liet vasthouden. Toxicoloog Ton Breure, die me heeft onderhouden over landbouwgif. Rob van Dam voor zijn nauwkeurig meelezen. En Kees Hekkers, die wel weet waarom.